백 마디 고마움

시로 쓴,
늦깎이 고등학생들의
이야기
백마디
고마움
경복고등학교부설
방송통신고등학교
1학년

차례

머리말

우리는 저마다 삶의 고개를 굽이굽이 넘어오다
방송통신고등학교라는 울타리 안에 모였습니다.
돌이켜 보면 여기까지 오게 된 것도
혼자만의 힘은 아니었습니다.
고마운 마음들을 시에 담아 한 자리에 모으니
백 마디 고운 말이 되었습니다.
이 수줍은 마음을 여러분께 바칩니다.

우리 모습을 예쁘게 그려주신 안중걸 선생님께
애틋한 고마움의 인사 올립니다.

1반

임영수

충남 공주에서 태어났다. 초등학교 4학년 2학기 때 상경해서 서울 생활이 시작되었다. 군 생활 중에는 월남전에도 참전했다.
다니던 회사에서 정년이 되어 퇴사할 때는 힘들었다. 지금은 알바도 하고 취미생활도 하면서 어느 정도 적응하며 지내고 있다.

걸음마

늦게 손녀를 보았다
손녀가 태어나는 날
너무 기뻤다
처음 만난 손녀라 더 그랬다

요즈음 손녀와 영상 통화하는 재미로 산다
하루하루가 행복하다

지금은 걸음마를 하겠다고
일어서려고 한다
일어서려다 넘어지고
일어서려다 넘어진다

신현덕

물 맑고 공기 좋은 시골 마을에서 태어났다. 1967년 초등학교를 졸업했다. 아버지는 정미소를 운영했고, 어머니는 집에서 솜을 트셨다.

당시 불의의 사고가 일어났다. 아버지와 함께 일하던 분의 팔이 절단되는 사고였다. 그 일 때문에 집안 사정이 나빠져 나는 중학교에 가지 못했다.

뭐라도 해서 성공해야겠다는 생각으로 1969년 서울에 올라왔다. 자전거 도매상에 취직해서 그 뒤로 50년 동안 자전거 관련 일을 해왔다. 지금은 회사 건물도 매입하여, 직원 8명을 두고 가족 같은 분위기로 운영하고 있다.

사랑

매일 반복되는 일상
오늘 아침 당신이 내게 건넨 한마디
내 가슴에 뭉클하게
새삼 떠올랐습니다

손주를 하나 더 둔 것 같다구요?
내가 어딘가 당신께 불안한 행동과
부족한 면을 보였나 봅니다
그렇게 보였겠지요

길 가다가 핸드폰 보지 마세요
위험하니 길 다닐 때 앞만 보고 다니세요
산에 다닐 때는 조심조심 다니세요

자신보다 남편을
자신보다 자식을
자신보다 가족을
먼저 걱정하고 배려하는 당신
고맙고 미안합니다

이제는 남편도 자식도 아닌
당신 먼저 생각하면서
살아가면 좋겠습니다

김호강

초등학교를 졸업하고 다음 해에 서울로 올라왔다. 나이가 너무 어려서 수많은 직장을 옮겨 다니며 살았다.
그러다 1970년대 초반 제복이라는 친구를 만났다. 나는 가방 재봉 기술을 배워 공장을 차렸는데, 제복이를 불러 같이 일하게 되었다. 그러나 내가 능력이 부족해서 공장 문을 닫게 되었다.
그때 제복이한테 같이 일할 수 없게 되었다고 하자, 제복이는 허공만 응시하다가 이해한다면서 되레 나를 위로해 주었다. 그 뒤로 한동안 제복이는 무직으로 지냈다.

제복이

40년 객지 친구
너무 어려웠던 시기에 만난 친구
서로를 의지하며 살아왔다

친구는 내가 싫은 얘기를 해도
화를 내지 않고 항상 웃어주었다

친구는 직장이 없었다
내가 조그만 공장을 차려서
같이 일하면 좋겠다 싶어서
멀리 영등포에 사는 친구를
강동까지 이사 오게 했다

그러나 얼마 되지 않아 내가
어려움을 겪어
공장 문을 닫게 되었다

더 이상 같이 일을 할 수 없다고 알렸다
나를 믿고 이사까시 왔는네 너무 미안했다
하지만 제복이는 나를 원망하지 않고
오히려 나를 걱정해 주었다

박정완

아버지 밀양 박자 영자 호자 님
어머니 김해 김자 무자 학자 님
슬하에 2남 4녀 중 막내 여식으로 자랐다. 학교 길이 6km나 되어 어린 나이로 갈 수가 없어 열 살에 입학하여 열여섯 살에 졸업했다.
그때는 나이 든 처녀를 집 밖으로 잘 안 내보내는 풍습 때문에 중학교에 진학하지 못했고, 결혼 후에는 시집살이와 아이들 5남매 뒷바라지에 진학은 어림도 없었다.
만 85세라는 한참 늦은 나이에 중학교에 입학해서 지금 만 88세에 고등학교 1학년으로 살고 있다.

신(神)이시여

꿈에도 그리던 고등학교 입학식을 다녀왔다
1학년 1반 5번 박정완

꿈인지 생시인지 분간키 어려운 감정
그것도 서울 한복판에 있는
그 이름도 유명한 경복고등학교

내 나이 아흔에 저승 문턱이 코앞인데
지난 3년 중학교를 거쳐 여기까지 왔다
내 무슨 망령된 노릇을 하고 있나 싶기도 하다

신께서는 내게 언제까지나 이러한 기쁨을
허락해 주실지……

감사하고 고마우신 신이시여!
야멸찬 소리오나 대학까지 졸업할 수 있도록
도와주시옵소서
두 손 합장 비옵나이다
내 일찍이 배우지 못했던 한을 풀게 해주시옵소서
저 부족함 많은 인간이옵니다
좀 더 배우도록 도와주시옵소서

박춘자

1949년에 깊은 산골에서 7남매 중 셋째로 태어났다. 공부가 하고 싶어도 할 수가 없었다. 먹고살기도 힘든 세상이라서.
결혼하고 나서도 참 힘들었다. 아이들 먹이고 가르치기 위해 시골서 서울로 1983년에 올라왔다. 그때부터 일을 시작해서 2022년 1월까지 했다.
어느 날 TV에서 방송통신중학교 광고를 보고 학교에 다니게 되었다. 중학교를 졸업하고 이제 고등학교에 와서 고맙고 행복하게 살고 있다.

아들의 전화

내가 많이 아파서 힘들 때다

아들이 너무 자상하고 너무 효자인데
하루만 전화가 안 와도
내가 아프니까 이젠 나를 싫어하나
하루에도 열두 번씩 소설 쓰고, 지우고,
삐쳤다, 풀렸다……
내 마음을 어떻게 다스릴 수가 없었다

그러다가 전화가 와서
"엄마!" 하고 부르면
마음이 다 풀리고 너무 기뻤다

내가 회복이 되고 나서
아들한테 그런 이야기를 했더니
"엄마가 힘들어서 그랬지." 하고 웃었다
그리고 나를 꼭 안아주었다

이남흠

충북 제천에서 2남 3녀 중 장녀로 태어나 부모님 사랑을 듬뿍 받고 자랐다. 가난 때문에 중학교에는 가지 못했다.
결혼해서 3남매를 출가시켰다. 컴퓨터를 배우기 위해 복지관에 다니다가 방송통신 중고등학교가 있다는 걸 알게 되었다. 가슴이 벅차고 설렜다.
중학교를 졸업하고 지금은 고등학교 1학년이다. 지금이 제일 행복하다.

꽹과리 덕분

오늘은 운동회 날
응원단장을 맡았다

청팀 이겨라
청팀 이겨라

꽹과리를 쳐가며
목이 터져라 소리쳤다

드디어
청팀이 이겼다

그러나
꽹과리는 그만
깨지고 말았다

우리가 이긴 건
꽹과리의 희생 덕분

이도환

결혼하고 나서 처음에 힘들었던 시절을 생각해 보면, 힘들기도 했지만 살아오면서 삶에 많은 도움이 된 듯하다.
어려움에 지쳐 있을 때도 그때를 생각하면서 '이만하면 부자가 됐지.' 하고 위로하며 살아왔다.
힘들었던 시절을 버티고 이겨낸 경험이 내 삶을 더 단단하게 만들어준 것 같다.

만두 장사

결혼하고 3년 정도 됐을 때
남편이 하던 일을 그만두고 선택한
만두 장사

밀가루 10kg 한 포대 반죽하고
손으로 기계 돌려 피를 만들고
큰 양은 대야 두 개에 수북이 담긴 찐만두

신사용 자전거 뒤에 라면 상자 얹고
그 속에 만두 가득 채우고 두 발로 저어
어디다 팔았는지 3500원을 들고 왔다
한 봉지 20개에 500원씩 받았단다

다음 날 또 팔러 나갔다가
찌그러지고 터지고 흙이랑 검불 잔뜩 묻은
만두와 함께 처참한 모습으로 돌아온 남편

무학재 고개 올라가다
자전거도 만두도 남편도 데굴데굴 굴렀단다
그걸 주우며 남편은 처음으로 눈물을 흘렸단다

임수자

1953년 8월 15일 지리산 어느 골짜기에서 태어났다.
초등학교 1학년 때쯤, 우리 집이 큰집이라 제삿날 친척들이 모여 다 같이 아침밥을 먹고 있었다. 나는 학교 미술 시간에 가져갈 '도가지'를 사달라고 했다. 작은엄마가 "저 장독아지 가지고 가라."라고 했다. 나는 그게 아니라 그림 그리는 '도가지'를 사 달라고 몇 번이나 말했지만 대답은 같았다.
지금 생각해 보면 참으로 어리석기도 했지만 순진했던 것 같다. 도화지란 말이 그렇게도 어려웠을까?

빨간 세타

내가 가지고 있는 물건 중에
세상에 다시 없는
소중한 물건 하나
빨간 세타

행여 떨어질까 망가질까
만져보고 다시 장롱 속에
차곡차곡 개어 넣는다

남편이 나에게 선물해 준 세타
하늘나라 간 남편의
마지막 선물이기에
아껴 장롱 속에만 넣어두었더니
아직도 막 새로 산 옷 같다

이제부터는
남편을 그리며
꺼내 입어 보련다

김영자

1960년 4·19가 나던 해에 첫딸로 태어났다.
강원도 탄광 지역에서 어린 시절을 보냈고, 아버지는 고물 장사를 하셨다.
살림이 넉넉하지 못하다 보니 삼촌네 가서 초등학교를 졸업하고 그곳에서 지냈다. 그 뒤로 미용을 배워 30년 넘게 미용실을 경영하고 있다.
지금은 방통고에 다니며 늦깎이 학생으로 살고 있다.

고마운 남편

학교에서 체육대회를 했다
줄다리기와 공놀이를 하며
즐거웠다

줄다리기를 할 때
승리하려는 마음이 앞서
나이를 잊어버리고
너무 열심히 했다

승리는 하였지만
다리가 아파서 움직일 수가 없었다
학교는 가야 하는데 걱정이 되었다

그때 남편이
"내가 태워다 줄게."
하는데 너무 고마웠다

3년 개근이 목표라
학교는 빠지고 싶지 않다

정정옥

충남 연산에서 7남매 중 넷째로 태어났다. 형제가 많아서 초등학교밖에 다니지 못했고, 오빠랑 서울에서 살다가 결혼하여 3남매를 두었다.
3남매 키우느라 고생을 많이 했지만, 지금은 방통고에도 다니고 아이들 덕분에 행복하게 살고 있다.

웃음바다

나는 딸을 둘 낳고
아들을 낳았을 때
세상을 다 얻은 것같이
너무 좋았다

아들이 오줌 싸는 것만 보아도
할머니, 큰아빠, 아빠
모두 웃음바다가
되었다

문임순

1956년 12월, 7남매 가운데 셋째로 태어났다. 가정형편이 어려워 공부 시기를 놓쳤다.
1978년에 결혼하고 슬하에 남매를 두었다. 환갑이 넘어 우연한 기회에 지인을 통해서 방송통신중학교에 입학했다. 처음에는 자신이 없었지만 다니다 보니 고등학교까지 오게 되었다.

알밤

나는 어제 친구들과 들로 나들이 갔다
들에는 이름 모를 꽃들이 우리를 반겨주고
너울너울 춤을 추듯 이러저리 흔들렸다

기분도 흥겹고 발걸음도 가벼웠다
언제 다리가 아팠었나 잊어버렸다

한 걸음 한 걸음 나무 밑을 지날 때
데굴데굴 한 톨의 밤이 내 앞으로
굴러왔다

야! 밤이다.
이곳에 밤나무가 있나?

여기저기 둘러봐도 밤나무는 보이지 않았다
친구들은 좋은 일이 있을 거라며
손뼉을 쳐주었다

나는 밤을 화장대 앞에 두었다
행운처럼 내게 온 그 밤을
오래 기억하고 싶어서

지영숙

1957년 용인에서 5남매 가운데 둘째로 태어났다. 부모님은 농사를 지으셨는데, 나도 고양시 변두리 농사짓는 7남매의 셋째 며느리가 되었다.
결혼하고 나도 농사를 지었다. 채소를 심어 장에 갖다 팔면서 아이들을 공부시켰다.
지금은 봉사를 시작한 지 8년째다. 봉사 활동을 하며, 항상 공부에 대한 생각이 마음속에 있었다. 방통중학교를 졸업하고 지금은 방통고등학교에 다니고 있다.

고마운 기사님

학교는 가야 하는데 도저히 눈이 떠지지 않았다
깜짝 놀라서 눈을 뜨니 좀 늦긴 했다

버스를 타려면 10분 정도 걸어가야 한다
허둥지둥 준비하고 집을 나와 뛰어가는데
뒤에서 빵 빵 소리가 났다
혹시나 하는 마음에 뒤를 돌아보니
내가 타려던 버스였다
버스가 종점에서 나가는 중이었다

버스가 섰다
기사님이 문을 열고 말했다
"이 차 타려고 뛰어가세요?"
"예! 제가 늦어서요."
"저도 늦었습니다. 얼른 타세요."

기사님 덕분에 제시간에 지하철을 타고
학교에 갈 수 있었다

다음 등교 때 또 만날 수 있을까 기대했지만
그 뒤로는 뵐 수가 없었다

박순안

1957년 3월 2일 부산에서 태어났다. 초등학교 5학년 때 고향을 떠나 서울로 올라왔다.

내가 초등학교에 입학하기도 전에 엄마가 돌아가셔서 아버지, 오빠랑 살다가 봉제 공장에 취직했다. 공장을 퇴직하고 나서 오빠 살림을 도와주며 20대를 보냈다. 그리고 결혼해서 3남매를 낳았다.

자녀들이 좀 크고 나서는 주야간 일을 하는 요양원에 들어가서 이일순이라는 고마운 분을 만났다. 우리 엄마와 성도 같아서, 마치 어머니가 보내신 분 같았다.

고운 눈망울

직장에서 야간 근무를 할 때
자면 안 되는데 졸았나 보다
기척이 있어 눈을 떴더니
반장 언니가 내려다보고 있었다
놀라서 쳐다보니 웃고 있었다

“많이 피곤했구나!”

따스한 말 한마디가 너무 고마웠다
절에 다니는 언니였는데 그 이후로 친해졌다
봉정암에도 함께 갔고 남해 보리암에도 같이 갔다

언니는 농사를 짓는 것도 아닌데
동생 집에서 농사지은 쌀과 찹쌀도 보내준다
엄마와 같은 성을 가진 그 언니
하늘에서 엄마가 보내주신 사람 같다

김도기

5남매 중 셋째로 태어났다. 집안 형편이 어려워 초등학교 6년 동안 기성회비를 다 내지 못하고 졸업했는데, 아직도 마음의 빚으로 남아 있다.
늘 배움을 꿈꾸며 지내다가 이제 두 아이 모두 잘 성장하여 출가하고, 늦은 나이지만 공부할 수 있어 너무나도 행복하다.
공부하는 것이 꿈이었던 나는 새벽부터 부지런히 버스로 달리고 전철로 달리고 학교까지 달려간다. 소박한 꿈을 이루기 위해 신나게 달리고 있다.

교복 입던 날

예전,
우리 집 앞에 여고가 있었다
양갈래 머리를 묶고
예쁜 교복을 입은
친구들을 바라보면서
도시락을 들고 일터로 향하던
자그마한 나

교복 입은 친구들을 바라볼 수 없어
늘
고개를 숙이고 다녔다

지난주 우리 반은 교복을 입고
여고생이 되어 사진을 찍었다

폼 잔뜩 잡고 사진을 찍으니
착한 할머니 여고생이 서 있었다
드디어……

김부월

1957년, 아버지가 해군으로 근무하던 부산에서 태어났다. 젊어서는 힘든 시절을 보내기도 했지만, 결혼하고 나서는 내가 아플 때나 힘들 때 자녀들이 힘이 되어 주었다. 아들과 딸은 내 삶을 더욱 풍요롭게 해주는 존재이다.

얼마 전 단양으로 가족여행을 다녀왔다. 여행을 좋아하는 나를 위해, 딸이 여행지를 고르고 아들은 다리를 다쳤음에도 기꺼이 운전을 해주었다. 단양은 참 매력적인 곳이었고, 높은 산 위의 카페에서 바라본 패러글라이딩 활강 모습과 어우러진 남한강의 풍경이 너무나 멋있었다.

패러글라이딩

높은 산 위에서 바라보는
붉고 노란 색색의 새

쓰디쓴 커피 한 모금
옆에선 구령과 함께
멋지게 날아서
남한강으로
사라진다

내 마음도 같이……

강정옥

내 나이 예순 살. 나는 전깃불도 안 들어오던 전남 고흥에서 태어났다. 유년 시절에는 하얀 카라가 달린 교복을 입고 학교 가는 친구들을 보며 부러워했다.

나도 언젠가는 꼭 학교에 다니며 공부해야겠다고 생각했는데, 그 소원을 이제야 풀게 되었다. 자식들도 잘 자라서 엄마한테 힘을 준다.

소중한 인연, 소중한 곳에서 만난 모든 분께 고맙다.

빨강 운동화

초등학교 2학년 큰애가
동생과 같이
내 생일이라며 용돈을 털어
신발을 사 왔다

뿌듯한 얼굴로
외출할 때 신으란다

그 빨강 신발은
나에게는 너무 작았다
나는 아이들 몰래 바꿔다
현관 앞에 나란히 놓았다

지금도 그 빨간색 신발을 보면
문득문득 뭉클하다

김지혜

세 자매의 막내로 태어나 언니들의 사랑을 듬뿍 받으면서 자랐다.
어릴 때 우연한 기회로 배우를 하게 되었다. 그러면서 인간관계도 넓어졌고 사회성도 남들보다 일찍 길러졌다.
또래 친구들보다 많이 성숙하다는 말을 들으며 살았다. 그래서인지 힘들 때도 누군가에게 기대기보다 혼자 이겨내야 한다고 생각했다. 하지만 그럴 때마다 내 곁에는 엄마가 있었다.
어릴 때부터 연예인의 길을 걸으며 잃은 것도 있지만 얻은 것이 더 많다. 내가 선택한 이 꿈을 더 높이 펼쳐나가기 위해 앞으로 더 노력할 것이다.

내 친구

내가 힘들고 외로울 때
친구가 되어준 사람

친한 친구처럼 내 얘기를 들어주고
고민도 함께하는 사람

오디션에 떨어져
힘들어할 때
"더 좋은 작품이 기다리고 있을 거야."
위로해 주는 사람

내가 좋아하는 가수의
콘서트에 가고 싶을 때
나와 동행해 주는 사람

짜증 내고 화를 내도
"무슨 일 있었어?"
내 마음부터 살피는 사람

그런 엄마의 딸이라서
참 행복하다

김영연 한 생명이 태어나는 산고

박봉식 담임 선생님

이명수 국어 시간

박춘우 동생은

김주신 꼬부라진 손가락

강숙원 난(蘭)

주종숙 노트북

안후남 은행잎

박숙현 닳아빠진 국자

이숙자 꽃분홍 목도리

김애순 며느리

배경숙 늦깎이 고등학생

장명옥 살아갈 맛

박경난 진정한 남자

이은례 손녀와의 소통

서맹예 퇴행성 관절염

이종례 우리 집 강아지

김영숙 정수의 전화

최종숙 학교 다녀오겠습니다

쩐탄투이 친정엄마

김서겸 내 친구 소금

2반

김영연

나는 개인택시 기사다. 오늘도 핸들을 잡고 일터로 나간다.
잊지 못할 손님이 있다. 12시간의 산고를 겪으며 출산이 안 되어 복강경 수술을 준비하던 중 기적적으로 한 생명이 태어났다고 한다. 산모는 지옥에 다녀온 느낌이었다고 한다. 아이가 건강하다는 의사 선생님 말씀에 산모는 울음을 터뜨렸다고 한다.
산모는 출산하고 2시간도 안 되어 퇴원해야만 했다. 집으로 가는 그 산모를 내가 태우게 되었다. 그녀의 사연 또한 산고 못지않았다.
택시비가 28,000원이 나왔는데, 20,000원을 돌려드리며 미역 사서 잡수시고 얼른 회복하라고 빌었다.

한 생명이 태어나는 산고

나는 오늘도 삶의 전선으로
달려 나가야 한다
수없이 많은 사람들과 만났다 헤어진다

구로공단역 부근에서 노원역까지
가는 산모를 태웠다
출산한 지 두 시간 된 산모가
집으로 가는 길이었다

왜 그리 빨리 퇴원하냐 물었더니
12시간의 산고만큼
형편도 고단했다
죽느냐 사느냐 갈림길이었다

큰 아픔 산고 끝에
으앙 하는 소리
지옥 갔다 천국에 온 느낌이었단다
건강하다는 발에 산모는
눈물을 터뜨렸다고 한다

박봉식

1953년 6월에 태어나 마포나루에서 한강의 밤섬을 바라보며 자랐다. 여섯 살 때 아버지가 돌아가시고 홀어머니가 행상으로 7남매를 기르시느라 궁핍하게 살았다.
초등학교 졸업 후 사회생활을 시작해 온갖 일을 하며 생활하던 중 아내를 만나 아들딸 낳고 행복한 가정을 갖게 되었다. 지금은 세 손주를 두어 남 부러울 것 없이 행복하다.
일흔을 바라보던 어느 날 아내의 권유로 늦은 공부를 시작했다. 고등학교 교복을 입고 사진 찍던 날, 가슴 깊이 맺혀 있던 응어리가 풀어지는 것 같았다. 가을 운동회 때는 마치 10대 시절로 돌아간 듯했다.

담임 선생님

하이얀 보름달은 우리 선생님
깔깔깔 해맑은 눈웃음
깊은 두 눈에 담긴 넓고 깊은 사랑

황혼의 늦깎이 학생들
꿈속에서나 입었던 교복
병아리떼 암탉 뒤따르듯
하하 호호 즐거이 노래하네

꾀꼬리 노래하는 동산
이리와 봐요, 여기요 조기요
이렇게 저렇게 자세 잡아
찍어주던 하얀 달

높고 높은 푸른 하늘 그날의 운동회
노오란 병아리 가득 담은 영상 속엔
야아 멋있다 2반!
속삭이듯 감탄하네

한 글자 한 단어 더 더 더
이거 참 쉬운 건데 하며
아쉬워하시는 하이얀 달을
난 깍쟁이라 부르고 싶다

이명수

1957년 서울에서 태어났다.

열네 살에 어머니를 여의고 생활전선(봉제업, 미싱사)에 종사했다. 업종이 별로 마음에 안 들었지만, 호구지책으로 50년 넘게 하고 있다. 정년이 없는 기술직이라 이제는 오히려 감사하게 느낀다.

크게 이룬 것은 없어도 나름대로 열심히는 살아왔다. 이제는 주변을 생각하며 도움을 주는 노년이 되고 싶다.

국어 시간

살아온 나이만큼
온갖 기억과
사람들은 뒤엉키고

글을 쓰라 하시니
하 —

지나간 감정들은
불투명한 채 남아 있는데
평생 생각지도 않았던
글을 쓰라 하시니

눈앞은 노랗고
부담은 백 배
하아 —

박춘우

전북 무주의 가난한 농가에서 3남 2녀의 장남으로 태어나 일찍 상경했다.
서울 가는 고속버스 창가에 비친 여동생 모습이 내가 짝사랑하던 경희를 닮았었다. 버스 멀미로 피곤해 보이는 여동생에게 "복단아! 이제부터 네 이름은 박경희야."라고 하자 여동생은 "알았어, 오빠!"라고 말해주었다.
그 후 서울에서 의상실을 운영하다가 2001년 교통사고를 당해 큰 어려움을 겪고 나서부터 NGO 활동을 하고 있다.
한국자살예방시민연대 중랑지부장, 서울특별시 시민옴부즈맨, 백인백색 좌우명 쓰기 운동본부장 등을 맡고 있다.

동생은

박복단!
할머니가 지어주신 사랑하는 여동생 이름

서울행 고속버스 타고 오던 중
여동생 이름이 촌스러워
불현듯 지어준 이름 '경희'

남동생 여동생과 함께했던 자취 생활
그때부터 여동생은 직장을 다니면서도
연탄 갈고 밥하고 빨래하며
온갖 고생을 다 했다

동생은 결혼하고 다시
복단이란 이름을 쓰면서
이름처럼 복이 터졌다

"오빠 저녁 먹었어?"
이제는 구순의 어머니 모시고 사는 나를
아들처럼 챙긴다

김주신

농사지으시는 부모님 밑에서 여러 형제들과 가난하게 자랐다. 상점 점원으로 밤에는 타자를 배우기도 했고, 작은 기업에서 타자수로 일하며 남편을 뒷바라지했다.
두 남매와 사위까지 박사 학위를 받을 때 너무 행복했다.
자녀들의 학위로 내 꿈을 이룬 듯했다.
나 자신을 좀 더 사랑하지 못한 것과 현재의 건강 상태가 아쉽기는 하지만, 내가 살아온 삶의 보람과 행복을 느끼며 긍정의 힘으로 감사하게 살고 있다.

꼬부라진 손가락

아빠의 꼬부라진 손가락
엄마의 울퉁불퉁 손마디
그때는 몰랐네 그 아픔을

내 손가락 꼬부라지고
내 손마디 변하면서
알게 되었네 그 아픔을

외마디 없이 아팠을 그 시절
외마디 없이 견디려니 초라해지는 오늘

약 하나 없이 견디던 그 시절
약 하나 삼키기 힘든 오늘

오늘 삼키는 약 한 알은
내가 알지 못했던
그 시절의 고통과 함께
내 쓰린 위장을 거치고 있다

강숙원

1949년 고창군 성송면 암치리에서 7남매 중 여섯째 딸로 태어났다. 산골이어도 밥은 먹고 살 만했고, 나름 예쁨 받으며 자랐다. 하지만 오빠들만 상급학교에 보내고 밑으로 딸 둘은 초등학교만 보냈다.

이제 늦깎이 학생이 되어 공부에 재미를 붙이고 있다.

어느 날 쓰레기 버리러 나갔다가 경비 아저씨를 만나서 난을 얻어왔다. 우리 집에 온 지 14개월이 되었다. 그동안 꽃이 네 번이나 피고 졌는데, 지금은 꽃잎이 세 개만 남아 꼭 나를 닮은 것 같다. 내 친구가 되어준 난이 고마워 시시때때로 얘기를 나누고 있다.

난(蘭)

일 년 전
우연히 우리 집에 자리 잡은
나의 유일한 친구

아침에 자고 일어나면
안녕!
저녁에는
잘 자!

그러는 동안 이 친구
꽃이 피고 지기를
네 번

네 줄기 꽃대에서
꽃이 빽빽하게 피어
나를 즐겁게 하던 친구

두 줄기 꽃대는 먼저 가고
두 줄기 꽃대에 세 송이 꽃만……

나를 닮은
나의 유일한 친구

주종숙

충북 충주에서 4남 2녀 중 막내딸로 태어났다. 충주에서 집안일을 하고 조카들을 돌보며 지내다가, 서울로 상경하여 문구점을 운영하던 중 남편을 만나 결혼했다.
자식들 2남 1녀 모두 결혼해 아들딸 키우며 다복한 가정을 이루고 있다. 시간 여유가 있어 공부도 하고 요양보호사 일도 하고 있다.

노트북

늦은 나이에 여고생이 되려고
방송통신고등학교에 입학했다

영상 수업에 필요한 나의 소중한 벗
노트북

노트북의 도움을 받아
열심히 듣고 쓰고 혼자 웃으며
손뼉도 짝 짝 짝
어깨도 토닥토닥
난 잘할 수 있어
스스로 위로하며 강의를 듣지만

지우개와 함께 머리에 저장했는지
살살 지워진다
하지만 내 마음속에는 청춘의 새싹이 자란다

소중한 나의 노트북에 의지하며
머릿속에도 새싹이 돋아나게끔
지식을 쌓아본다

안후남

1950년대에 산으로 둘러싸인 조그만 마을에서 태어났다. 나름 종갓집이라 대가족 틈에서 보고 배우며 아무런 문제 없이 잘 컸다.

시골에서 대구로, 지금은 서울에 안착해서 살고 있다. 이제 나의 소임(자녀 키우기)도 마무리되었고, 나의 삶을 찾으려 한다.

배움의 길은 언제나 나의 잠재된 소망이었다.

은행잎

오늘 등굣길에
노란 은행잎이
내게로 왔다
어쩜……
너무 반가웠다

가벼운 발걸음
입가엔 미소

결과보다 과정이 중요하다고?
그래, 난 오늘 지각해도 괜찮다

광화문역에서 학교까지
나에겐 행복한 길

오늘의 선물
고맙고 고마운 은행잎
소중한 너
노오랗게
간직할게

박숙현

1954년 경북 봉화군 어느 산골에서 태어났다. 참 아름다운 곳이었다. 앞에는 개울이 흐르고 뒤에는 산이 있었다. 산에서 새소리 들리고, 들에서 소들이 밭 갈고, 강에는 가재와 송사리들이 헤엄치던 곳이었다.
10리 길을 오가면서 학교에 다녔다. 뛰어가면 도시락 딸그락 소리가 노래처럼 들렸다. 상급학교는 외지에 나가야 했기에 진학할 수 없어 마음에 한으로 맺혀 있었다.
늦은 나이지만 고등학교에 진학했고, 오래전부터 하고 싶던 시 쓰기를 배우고 있다.

닳아빠진 국자

시집올 때 친정어머니가
숟가락보다 조금 큰
국자를 사 주시면서
밥상에 두고 찌개 떠먹는
국자로 쓰라고 하셨다

45년 동안 나와 같이
매일 주방에서 살았다

어느 날 손에 잡았는데
친정어머니 생각이 났다
어느새 내가
그때 국자 사 주시던
친정어머니 나이가 되었다

닳아빠진 국자가
이 세상에서 제일 귀한
보물이 되었다

이숙자

1955년 가을, 가난한 집안 6남매 중 셋째 딸로 태어났다.

어린 시절 산과 들이 놀이터였고, 겨울엔 비료 포대 눈썰매를 타고 놀았다. 생각하면 지금도 입가에 미소가 번진다.

빈농에 한량이셨던 아버지는 가정을 돌보지 않으셨고, 엄마 혼자 6남매를 키우기가 힘에 부쳐 딸들에겐 배움의 기회를 주지 못하셨다.

스물한 살에 직장에서 남편을 만나 결혼했고, 3남매를 잘 키웠다. 손자 손녀가 태어났고, 이제 나는 늦깎이 여고생이 되었다.

되돌아보니 참 잘 살았다.

꽃분홍 목도리

일곱 살 손녀가
목도리를 내밀었다

고사리손으로 얼기설기
짠 목도리

며느리의 도움을 받아
완성한 목도리를
"할머니!"
하면서 내밀던 손녀

10년이 지났지만
내가 제일 아끼는 소중품이다

생을 마감하는 날까지
간직할 테다

김애순

어머니는 열아홉 살에 시집을 와서 스물여덟 살에 혼자되셨다. 막내가 돌 지나고 아장아장 걸음마를 시작할 때, 딸 넷을 두고 세상을 떠나신 아버지.

어머니는 아이들을 키우기 위해 묵호 부두에서 생선 장사를 하셨다. 딸들은 어머니가 돌아오실 때까지 기다렸고, 이웃집에서 우리를 돌봐주셨다.

나는 왜소한 키에 소심한 성격이었고, 집안 형편 때문에 학교에 못 다녔다. 작은 키에 배운 게 없으니 자존감도 바닥이었다. 사람들 앞에서 말도 잘 못했다.

늦게나마 학교에 다니면서 공부하니 자존감도 높아지고, 잘난 척도 하게 되고, 사람들과 잘 어울리며 살고 있다.

며느리

어느 날
며느리가 준 선물을
받아보고 깜짝 놀랐습니다
속옷이었어요

어떻게 알고 이런
속옷을 사 왔냐고 했더니
빨랫줄에 널려 있는 내 속옷이
늘어진 걸 보았답니다

너무 고맙고 기뻤습니다
이렇게 사소한 것도
그냥 넘기지 않고
관심 있게 봐준다는 것이
너무 고맙고 행복했습니다

이렇게 착하고 예쁜 마음을 가진
며느리가 있으니
여느 재벌 부럽지 않았습니다

나의 노후가
든든하다고 느꼈습니다

배경숙

1956년 경상도 왜관에서 딸 다섯 아들 둘인 시골집 셋째 딸로 태어났다.
부모님은 아들이 공부를 해야 한다고 생각했고, 그래서 나는 일찍 직장생활을 시작했다.
지금 나는 늦깎이 고등학생이 되어 행복하다. 경험하지 못했던 학창 시절을 느끼며 앞으로 많은 사람들과 많은 추억을 만들어보고 싶다.

늦깎이 고등학생

나는 늦깎이 고등학생이다

언니가 함께 해보자고 했을 때
나는 싫다고 했다

내가? 왜?
여태껏 잘 살았는데……

왜 그렇게 망설였나 싶을 만큼
지금은 너무 행복하다
학교에 간다는 자체가
내게는 행복이다

나는 지금
선생님 만나러
친구를 만나러
학교에 간다

장명옥

1·4후퇴 때 홀로 내려오신 아버지는 군 생활을 오래 했다. 잦은 부대 이동으로 매번 이사를 다녀야 했기에 부모님은 나를 이모에게 맡겨 키우게 했다.
배움이 부족했던 나는 정말 열심히 노력하며 살아왔다. 인정도 받고 보람도 있었고, 내 나이 예순다섯에 멋진 은퇴를 했다.
꼬물꼬물 재롱부리는 손주들을 보면서, 이 아이들에게 항상 노력하는 멋진 할머니로 기억되고 싶어 학교에 진학했다. 언제나 내일을 위해 배우고자 하는 자세와 겸손한 태도를 가르치고 싶었다.

살아갈 맛

내 나이 육십하고 후반전이다
살아왔다기보다는
살아냈다는 마음이다

어느덧, 손자들이 넷이다
닮은 듯하고 다른 듯해서
더 예쁘고 사랑스럽다

바짓자락을 질질 끌고
태권도복의 끈이 잘잘 끌리며
움켜쥔 주먹으로 소리를 내지른다

남은 나의 생은 아끼지 말고
마음껏 사랑하고 가르치며
돌봐주고 싶다

오늘도 나는 행복하고
살맛이 난다

박경난

1957년 대구에서 5남매의 맏이로 태어났다.
유치원 원장을 하는 셋째 동생의 권유로 베이비시터 수료증을 받고 유치원 보조교사 일도 하고, 맞벌이 부모 대신 온종일 아이 돌보는 일도 해왔다.
나는 아기를 정말 이뻐했다. 그런데 어느 날 나 자신을 돌아보니, 아이 돌보는 일은 내가 진정으로 좋아한 일이 아니었음을 깨닫게 되었다. 단지 먹고살기 위한 수단이었을 뿐…….
지금은 아이 돌보는 일을 그만두고 내가 좋아하는 일들을 찾아가고 있다. 이제 다시 아기들이 예뻐 보이고 사랑스러워 보인다.

진정한 남자

남편은 일곱 살 때 사고로 여동생을 잃었다
환갑을 훌쩍 넘긴 어느 날
남편은 뜬금없이 오빠라 불러보라 했다
쑥스럽고 간지럽지만 그 정도쯤이야……

남편은 내 동생 때문에 집 한 채 값을 날렸다
원망도 할 만한데
잊어버리자며 그 뒤로 두 번 다시 꺼내지 않았다

우리는 시누이 중매로 13일 만에 결혼식을 올렸다
밉네, 곱네, 38년이 되었다
서로 잘 견디어 낸 것 같다

막내며느리인 나는
시어머니와 함께 9년을 살고 임종도 지켰다
남편은 그걸로 내 동생 빚을 퉁쳤나 보다

'여차하면 도망가야지' 했던 내 불안함을
담담하게 잠재워 준
진정한 남자이자 최고의 친구

이은례

2남 3녀 중 둘째로 태어났다. 부모님께서 유난히 아들을 좋아하시다 보니, 아들한테는 배움의 길을 열어주셨는데 딸들에게는 그러지 못하셨다.
어린 시절에는 배움에 큰 관심이 없었는데, 어른이 되고 결혼하여 사랑하는 아이가 태어나니, 배움이 소중하다는 생각이 들어 만학도의 길을 찾게 되었다.
고등학교 입학식 날, 너무나 기쁘고 설레어 감동의 눈물을 흘렸다. 학우들과 함께 즐거움을 나누며 학창 시절을 잘 보내고 싶다.

손녀와의 소통

지난겨울 어느 날 밤
저녁밥을 먹고
손녀와 함께 잠깐
밤하늘을 쳐다봤다

보름달이 유난히도 밝아
내 눈에 확 들어왔다

순간 나는 세 살 먹은 손녀에게
달을 가리키며 말했다
"우리 보름달 보면서 소원 하나씩 빌까?"

그러자 손녀는 갑자기
할머니! 부르더니 달을 보고
"문(moon)이다! 문! 문이야."

나에게는 달이고
손녀에게는 문(moon)이지만
함께 같은 것을 바라보는 순간이
뭉클했다

서맹예

1958년 가난한 시골 마을에서 6남매의 맏이로 태어났다. 부유하지는 않았지만 그래도 부모님 노력으로 고생은 많이 하지 않았다. 하지만 공부는 초등학교까지밖에 못 했다.
몸이 항상 약해서 직장생활도 온전히 할 수가 없었기에 어린 나이에 결혼했다. 이후 집안일과 직장생활을 병행하느라 손가락에 무리가 와서 지금도 고생하고 있다.
어쩌면 유전인가 싶다. 엄마의 손가락도 퇴행성 관절염이었다.

퇴행성 관절염

"아야, 여기 손가락 좀 주물러라."
그날 밤 난 잠결에 깔짝깔짝 건성이었다
무언가 느낌이 안 좋았다
그러다 스르르 잠이 들었다

아침에 눈을 떠보니 엄마는 아마도
새벽녘에 들로 나가신 모양이다
자식 사랑이 끔찍할 정도여서
자식이 낮잠을 자도 혹여 소리에 깰까
발걸음 소리조차도 조심하던 엄마
밤사이 얼마나 고통이 심했으면
자는 딸을 깨워서 손가락 주물러 달라고 하셨을까

가끔 내 아픈 손가락을 보며
엄마의 휘어진 손가락을 떠올린다
그립고 슬프지만
엄마가 남기고 간 선물 같다

이종례

어느 시골에서 7남매 중 여섯 째로 태어났다.

집안 형편이 어려워 어린 시절에 학교를 다닐 수 없었다.

지금이라도 이렇게 배울 수 있어서 좋다.

끝까지 잘할 수 있을까?

건강하고 재미있게 끝까지 잘 마무리할 수 있었으면 좋겠다.

우리 집 강아지

어느 날 작은딸이
유기견 한 마리를 데리고 왔다
이름은 활이, 종은 푸들

처음 만났을 때 앙상한 뼈에 털은 길어서
얼굴이 안 보였다
몸에서는 하얀 가루가 날렸다

그러던 아이가 동고동락 10년 세월
그동안 애교와 재롱을 부리면서
우리 집 이쁜이로 자리 잡았다

몇 년 전부터 심장병에 걸려
하루에도 몇 번씩 기절을 한다
자신과의 싸움

그렇게 식구들 마음을 아프게 하다가
2020년 10월의 마지막 날
우리 곁을 영원히 떠났다
온 가족에게 기쁨과 행복과 사랑이 뭔지를
알려주고서……

김영숙

1960년 대구의 변두리 동네에서 태어났다. 그 당시 집안 형편이 어려워 초등학교도 겨우 졸업했고, 졸업하자마자 직물공장에 다녔다. 실질적인 가장 노릇을 하며 열심히 일했다. 고생도 많이 하고 힘든 젊은 시절을 보냈다.
20대 후반에 결혼하고, 결혼 후에도 먹고사는 일이 바쁘다 보니 공부하고 싶어도 할 수가 없었다.
이제 생활이 어느 정도 안정되어, 그때 못했던 공부를 4년 전부터 다시 시작했다. 지금은 내 인생에서 가장 의미 있고 행복한 시간을 보내고 있다.

정수의 전화

대구의 한 동네에서
같은 초등학교에 다녔던 정수

성인이 되어서도 가끔 만났지만
정수가 결혼하고 나서 만남이 뜸해졌고
나도 결혼해서 서울로 왔다

30년이 훌쩍 지난 어느 날
모르는 번호로 전화가 왔다
"혹시 영숙이 아니니?"
"누구세요?"
"나 정수야!"

순간 소름이 끼쳤다
사는 게 바빠 잊고 살았는데
정수는 나를 애타게 찾고 있었단다
덕분에 우리는 긴 세월을 건너 다시 만났다

여전히 정수는 대구에 살고 나는 서울에 살지만
가끔 만나 여행도 다니며 지난 추억을 떠올린다

최종숙

어느 시골 마을 딸부잣집의 다섯째 딸로 태어났다. 공부 잘하는 언니들에 비해 부족했던 나는 공부가 싫어 서울로 올라왔고 부모님 마음을 아프게 했다.
지금은 엄마에게 치매라는 친구가 찾아와서, 나와 함께 생활하신다. 엄마와 함께 지낸 시간은 나의 50대를 보람 있게 했고, 나를 진짜 어른이 되게 했다.
새삼스럽게 엄마의 사랑을 느낀다.

학교 다녀오겠습니다

엄마!
안녕히 주무셨어요?
오늘은 학교 가는 날이라
엄마가 집을 지켜주셔야 해요

그려!
잘 갔다 와
공부 열심히 하고……

학교로 출발하는 발걸음이
가볍다

엄마에게도 따뜻한 미소와
부드러움이 있다는 것을
함께 살면서 알게 되었다

내 나이 60에
엄마를 웃게 하는 딸

쩐탄투이

베트남에서 한국으로 시집왔어요. 고향에 가고 싶은데, 돈 때문에 못 갔어요. 엄마가 보고 싶어요.
엄마는 고생을 많이 했어요. 엄마가 건강했으면 좋겠어요. 매일매일 엄마한테 전화하면 "밥 잘 먹어라." "아기 잘 봐라." 늘 얘기해요.

친정엄마

베트남에 있는
친정엄마
너무 고생했습니다

아버지 돌아가시고
우리를 키우셨어요

엄마는 저한테 부탁해요
아기 잘 봐주고
요리 잘하고
집 청소 잘하고……

엄마 정말 고맙습니다

김서겸

내가 어렸을 때 아프면 부모님께서 약 대신 소금과 숯가루를 주셨다. 그걸 먹고 나면 거짓말처럼 나았다. 지금도 소금을 비상약처럼 쓴다.

어릴 때 내가 심심하다고 말하면 아버지는 소금을 먹으라고 하셨다. 그때는 말뜻을 몰라 진짜 소금을 찍어 먹기도 했다. 소금의 짠맛이 한참 동안 내 입 안을 돌아다녔다.

초등학교 때 내 별명이 소금이었다. '서겸'이랑 '소금'의 발음이 비슷하니까. 친구들은 내 이름보다는 소금이라는 별명으로 불렀다.

소금의 역할이 다양하듯, 나도 소금 같은 존재가 되고 싶다.

내 친구 소금

소금은 내 친구
어딜 가나 나를 따라다닌다
아플 때나 심심할 때나 배고플 때나

아플 때는 바이러스를 막아주는
나의 진정한 간호사가 되어주고
심심할 때는 내 입 안에서
데굴데굴 구르며 놀아주고
배고플 때는 짭조름한 간이 되어
맛있는 음식을 만들어준다

재주 많은 내 친구
내 친구는 어디를 가든
그 상황에 딱 맞는 역할로
나를 도와준다

세상에 꼭 필요한
내 친구 소금처럼
나도 세상에 꼭 필요한 존재가
되고 싶다

강대식 우리 식구
고지환 오늘 하루 쉬어
정억길 숙녀복
김은기 초전박살
김영애 과외 선생님
김정화 맛있는 미역국
최정희 모자야
양수희 못난이
안정숙 우리 반
박재연 라면 끓여 드릴까요
김경애 제주도 방파제에서 한 잔
박경옥 풍금 소리
문인자 요양병원에서
문희숙 황금 기둥
서종갑 소꿉친구
김명희 군자란
이순복 만추의 빈자리
박경순 무언의 벗
장유나 즐거운 교복 체험
후인김탄 발에 잘 맞는 신발
이정숙 장애인 할머니 하루 일과

3반

강대식

나는 현재 방통고 재학생이지만 대한민국 국전 초대작가이고 국전 심사위원장을 지내기도 했다.
1980년대 초부터 지금까지 근 50여 년을 서예, 사군자, 문인화, 전각 등을 배웠다. 그러다 10여 년 전 '서화실'이라는 놀이터를 만들어놓고 날이 밝으면 놀이터로 나가 후학들을 지도하고 작품을 만든다.
죽어서도 남길 작품을 위하여!

우리 식구

우리 식구는 셋이다
나와 아내, 그리고 강아지 불랑이

나와 아내가 외출했다 돌아오면
길길이 뛰며 반겨준다

부부 사이의 대화 단절도
불랑이가 이어준다

나도 불랑이를 위해 최선을 다한다
조석으로 더불어 산책도 하고
기분 좋게 목욕도 시켜준다

네가 좋아하는 만큼 나도 행복하다
우리 집에 웃음과 화목을 선물한
네가 고맙다

늘 건강하게
오래 같이 살자

고지환

아홉 살 때 아버지가 돌아가셨다. 형이 열다섯 살, 동생이 일곱 살, 막내가 네 살 때였다. 어머니는 시어머니까지 여섯 식구를 부양하기 위해 시장에서 노점상을 하셨다. 어머니 고생은 이루 말로 표현하기 어렵다.

군대를 전역했는데, 학벌도 없고 기술도 없는 데다 나이는 먹고 결혼은 해야 하고…… 그래서 열관리기능사 자격증에 응시했다. 여덟 번 떨어지고 아홉 번째 자격증을 취득했다. 날아갈 것 같았다.

결혼하고 쌍둥이를 낳았고, 아내가 살림을 잘해서 재산도 꽤 모았다. 지금까지 쓴 가계부가 40권이다.

오늘 하루 쉬어

어머니가 노점상 할 때
여름날 비가 아주 많이 왔다

어린 마음에 어머니가
처량해 보였다

엄마!
오늘 하루 쉬어

야 이 녀석아!
여름에 하루 쉬면
겨울에 일주일 굶어

정억길

1950년대 서울 필동에서 태어났다. 어려서부터 친구들과 어울리는 걸 좋아했다.
공부와는 아예 담을 쌓고 살았다. 그러던 내가 이 나이에 이렇게 학교에 다니게 되다니…….
내가 생각해도 좀 이상하지만, 좋은 친구들과 좋은 선생님을 만날 수 있었다.

숙녀복

그녀가 내게 처음으로 다가왔다
세상에서 제일 예쁜 옷으로 만들어 달라며
다소곳이 웃는다

하얀 종이 위에 그녀를 떠올리며 생각한다
'어떻게 하면 제일 예쁜 옷으로 만들 수 있을까'

부드러운 옷감을 밑에 대고
포근한 흰 종이로 감싼다
옷감이 숨죽인 채 가만히
나를 바라보고 있다

자를 대고 거침없이 종이 위에 그려 나간다
그녀의 모습이 조금씩 예쁜 옷으로 그려진다

주저 없는 손놀림과 가위질로 옷감이 잘려 나간다
그녀를 위한
세상에서 제일 예쁜 옷이 만들어진다

김은기

충청도 산골 마을에서 태어났다. 논밭보다는 산이 많은 곳이다. 1960년대 내 어린 시절은 집집마다 많은 식구들로 시끌시끌했다.

시대가 시대인지라 교복 입고 학교 다니는 학생은 그리 많지 않았다. 사계절 먹고사는 게 가장 큰 문제였다. 그런 환경 속에서 모두가 건강하게 잘 살아온 것이 참 다행이라 생각한다.

언젠가는 못했던 공부를 꼭 해야지 다짐했는데, 이제야 할 수 있어서 뿌듯하고 신난다. 내 건강이 허락하는 날까지 후회 없이 공부를 계속하고 싶다. 이토록 좋은 세상을 같이 만든 학우들에게 용기 내라고 박수를 보내고 싶다.

초전박살

초전박살
초전박살

낮게 외치는 소리
무슨 소리지?

파리 한 마리 나타났다고
초전박살
초전박살

그런 내 아내
귀엽다

김영애

거문도에서 태어났다. 집이 가난해서 초등학교만 졸업하고 중학교에는 갈 수 없었다. 울어보았지만 어쩔 수 없었다.
어머니는 해녀였다. 소라, 전복, 미역 등을 따서 팔았다. 나는 어머니를 따라서 어려서부터 농사일도 거들고 집안일도 했다. 나는 머리가 좋은 편이었다. 초등학교 때 성적이 모두 '수'였다.
지금은 꿈에도 못 할 줄 알았던 고등학교 공부를 하고 있다. 교복까지 입게 되었으니, 열심히 해봐야겠다.

과외 선생님

모르는 단원이 있으면
하나하나 알려주는
반 친구 문희숙

귀찮지도 않은지
또박또박 가르쳐주는
좋은 친구

수학, 영어, 국어
물어보면
언제든지 도와준다

오늘도 시를 쓰다가
또 물어보았더니
지기 공부 제치고 가르쳐준다

1학년 마칠 때까지 좀 더 알려줘
2학년 때도 한 반이 되면 좋겠다

김정화

1951년에 태어나 1962년 서울 청량초등학교를 졸업했다. 그때 아버지 상점이 부도가 나서 겨울방학 때 강원도 시골로 이사 갔다. 그 뒤로 학교를 못 다녔다. 교복 입고 학교 가는 학생들을 보면서 숨어서 많이 울기도 했다.
어느덧 세월이 흘러 일흔두 살이 되어, 어린 시절 그렇게 다니고 싶었던 학교에 다니며 열심히 배우고 있다.

맛있는 미역국

초등학교 1학년 학생들
점심 도우미를 합니다

학생들이 점심 먹을 때
남기지 말고 먹으라고 얘기하지요

학생들은 저를 기다리고 있다가
제가 교실로 들어가면 줄을 섭니다

“오늘은 무슨 반찬이에요?”
“오늘은 맛있는 미역국!”

아이들은 미역국을 좋아합니다
맛있게 잘 먹는 아이들 모습에
매일이 기쁘고 즐겁습니다

다시 태어나면
초등학교 선생님이 되고 싶어요

최정희

아버지와 어머니는 학교 선생님이었다. 그런데 나는 부모님 기대와는 달리, 공부는 안 하고 멋이 들어서 부모님 마음을 아프게 했다.
나는 스스로 못생겼다고 생각했는데, 모자를 쓰면 좀 예뻐 보이고 멋있어 보였다. 그래서 집에서도 늘 모자를 썼다. 모자만 쓰면 자신감이 생기고 내 모습이 사랑스러워 보였다.
그러다 보니 지금 소장하고 있는 모자가 200개가 넘는다.
부모님이 살아 계시면, 내가 지금 학교 다닌다고 얼마나 좋아하실까? '정희야, 이제 그 모자 그만 좀 벗어라.' 하시며 애원하실지도 모르지만…….

모자야

내 인생의 동반자
나를 멋스럽게 해줘서 고마워
세상 누구보다
너를 사랑해

너만 보면 소유하고 싶어
한순간도 너를 떠나고 싶지 않아

나를 세상에서 제일 멋쟁이로
만들어주는 너
색깔도 디자인도 소재도
가지각색인 너

넌 말도 없고 생명도 없지만
난 네가 제일 의지가 되고
너 때문에 행복해

나의 모자야
죽을 때까지 너를 사랑하며 살 거야

양수희

첩첩산중 산골에서 태어났다.
부모님은 어릴 때 나를 '못난이'라고 불렀다. 초등학교에 들어갈 때가 되어서야 내 이름을 불러주셨다. 그때는 그 이유를 몰랐다.
지금은 사람의 몸을 건강하게 지킬 수 있는 발효 식품인 간장, 된장, 고추장, 김치를 식구들을 위해 만들어주는 것이 나의 행복이자 기쁨이다.

못난이

전염병에 언니 오빠 셋을 잃고
부모님 서른 넘어
나를 낳았다

귀하게 얻은 딸을
못난이라고 불렀다

귀신이 시샘하여 데려가지 못하게
천하고 못난 이름 뒤에
귀한 딸을
꼭꼭 숨기셨다

안정숙

부산에서 직장생활을 했다. 어느 날 갑자기 몸이 몹시 아팠다. 시골집에 가서 쉬었더니 몸이 다 나았다.
그 무렵 시집가라고 여기저기서 중매가 들어왔다. 작은아버지 소개로 지금 남편을 만나서 살고 있다.
어릴 때 공부를 하지 못해 글을 배우고 싶었다. 용기가 없어서 많이 망설이고 있었는데, 친구가 함께 학교에 가자고 해서 시작하게 되었다.

우리 반

나는 우리 반 친구들이 좋다
모두 친절하고 배려심이 깊다
서로 도와주려는 따뜻한 마음이 항상 좋다

희숙 씨는
　내가 궁금해하는 것을 친절하게 알려준다
정숙 씨는
　중학교 2학년 때부터 같은 반인데
　어디 갈 때마다 늘 나를 챙긴다
영애 형님은
　나랑 동향이라 동생처럼 나를 아껴주신다
부회장 경옥 씨는
　우리 반 친구들 하나하나 챙기느라 늘 바쁘다
앞자리에 앉은 수희 씨는
　친구들 공부하라고 영어 프린트도 챙기고
　친구들 밥도 한 번 샀다

그 밖에도 고마운 친구들이 한둘이 아니다
고마운 친구들에게 식사 대접 한다는 것이
아직 못하고 있다

박재연

1955년 충청도 어느 산골에서 둘째 딸로 태어났다. 결혼하고 나서는 오직 집 장만과 자식들 공부시키는 일에만 몰두하며 살았다.
그러다가 문득 나도 공부를 시작해야겠다는 생각이 들어 중학교를 거쳐 현재는 고등학교 1학년이 되었다. 고등학교를 마치고 대학까지도 꿈꿀 수 있어서 너무 행복하다.

라면 끓여 드릴까요

퇴근하고 집에 돌아와
피곤해하며 앉아 있는데
중학교 2학년 아들이 다가왔다

"엄마, 라면 끓여 드릴까요?"

우리 아들이 언제 이렇게 컸을까
이렇게 나에게 감동을 주네

자기도 배고플 텐데
엄마부터 챙기는 마음이
기특하고 대견하다

요즘도 날 보고
박 여사, 박 여사 하며
상냥하고 친절하게 부르는 아들

예나 지금이나 한결같아
든든하고 고맙다

김경애

1956년에 충청남도 홍성군 장곡면 오서산 밑 두메 마을에서 종갓집 막내딸로 태어났다. 우리 엄마는 귀여운 막내가 시집가면 시집살이한다고 귀하게만 키우셨다.
그런데 위로 오빠들만 있어서 나는 공부를 안 시키셨다. 그래서 지금 늦깎이 공부하느라 힘들다. 그래도 난생처음 시도 써보고 너무 보람 있고 행복하다.
친구들과 제주도 여행을 다녀와서 이 시를 썼다.

제주도 방파제에서 한 잔

20년 만에
여행을 다녀왔다

그전에는 마냥 놀고 먹고
의미 없이 지낸 것 같았는데
나이 들어서 가니
보이는 것과 느끼는 것이
예전과 달랐다

술 한 잔 나누며 얘기 나누다 보니
친구들이 마냥 사랑스럽고
미워했던 친구도 좋아졌다

함께한 여행이
내 마음을 넉넉하게 만들었다

앞으로는 더
사랑하면 살 것이다

박경옥

경상도 군위에서 맏이로 태어났다. 집안 형편이 어려워 중학교를 중퇴했다.
집안 살림에 보탬에 되기 위해 서울에 올라와 밤낮없이 열심히 살았다. 그러다 수원 삼성반도체라는 큰 회사에서 기프트샵을 운영했는데, 새벽에 남대문 시장에 가서 물건을 해 와야 해서 육체적으로 힘들었다.
결혼하고 자식들 키우고 나서, 학업에 대한 갈증으로 다시 책가방을 들고 학교를 다니게 되었다.

풍금 소리

세상 참 좋아졌다
사람 몸의 뼈도 바꾸는 세상

늦깎이 고등학생이 되어
학생들이 하는 걸 다 해봤다
미술실 정보실 오르내리고
체육관에서 탁구 배드민턴도 쳤다
단체로 봄소풍에 문학기행도 다녀왔다

그동안 잘 견뎌주었던 다리가 반기를 들었다
진통제와 연골주사로 달래봤지만
휘어지고 닳은 연골은 돌릴 수가 없었다

결국
60년을 써먹은 무릎뼈를 갈아 끼웠다
수술하고 재활치료를 할 때는
죽을 만큼 힘들었지만
이제 통증 없이 반듯해진 내 다리
수고했다고 고맙다고 마사지해 준다

일주일에 한 번 학교 가는 날에는
내 무릎에서 풍금 소리가 난다

문인자

60대 중반, 나는 할머니에 가까운 학생이다. 늦게나마 못다 이룬 공부에 대한 열정을 가지고 시작은 했지만, 마냥 쉽지만은 않다. 하루에 열 가지를 배우면 한 가지도 입력이 될까 말까 하는 기억력을 가지고 오늘도 나는 인강을 듣는다.

씩씩한 과학 선생님의 목소리는 더욱 흥미를 갖게 한다. 첫 시간에 멸치라는 애칭을 알려주신 국어 선생님의 열정은 우리를 감동하게 만든다. 체육 선생님은 우리를 10대 청소년의 모습으로 되돌아가게 한다. 하나라도 더 알려주려고 최선을 다하는 선생님들이 그저 고마울 뿐이다. 한 달에 두 번뿐인 학교생활이지만, 나는 행복하다.

요양병원에서

사람들은 누구나
건강하고 행복하게 살기를 바란다
하지만 원치 않는 질병이 찾아올 수도 있고
기억이 흐릿해질 수도 있다

날마다 출근해서 마주치는 사람들이
우리 부모님과 비슷한 또래이거나
치료받으러 오는 자녀들 또래이다
모두가 평범한 일상을 누리기 위해 애쓰고 있다

어느 날 두 딸이 할머니 한 분을 모시고 와서
입원 수속을 밟고 있었다
할머니는 병원에 안 있겠다며
소리 소리 지르신다

병상에 누워 계시는 분들이 하루하루 갈수록
쇠약해지시는 모습이 안타깝다
저분들도 아름답던 청춘을 지나셨겠지
나도 한번 내 삶을 돌아보게 된다

문희숙

1950년대 중반에 늦둥이로 태어났다. 여자는 시집만 잘 가면 된다며 부모님은 나를 상급학교에 보내주지 않았다. 다행히 자상하고 포근한 남편을 만나 사랑받고 잘살고 있다. 결혼하고 나서 시댁 식구 아홉 명을 건사하며 농사일까지, 정말 죽고 싶을 만큼 힘들었다. 하지만 자상한 남편의 사랑 때문에 버티고 잘 살아낼 수 있었다.
내가 연세 많은 친정엄마를 걱정하자, 남편은 이튿날 바로 엄마를 모시고 와 함께 살았다. 그리고 엄마가 91세로 임종을 맞을 때도 남편 덕분에 잘 보내드릴 수 있었다. 친정 식구들이 남편을 칭찬할 때, 내 어깨가 으쓱해진다.

황금 기둥

당신을 볼 때면 가끔, 방문을 살짝 열고 "너도 하나 먹어라. 나눠 먹자." 환하게 웃으며 과자 한 봉지 건네주시던 엄마 얼굴이 떠오릅니다
"왜 진지를 조금밖에 안 드셨지? 입맛이 없으신가?" 혼잣말로 중얼거리면, 그럴 때마다 당신은 슬그머니 나가 과자랑 빵이랑 한 보따리 사다 드렸고, 그러면 엄마는 기분 좋아 싱글벙글 나눠 먹자 하셨죠
단독주택에 살 때 겨울에 웃풍이 심해서 걱정하고 있으면 그걸 어떻게 알았는지 엄마 방에 커튼을 달아드렸죠
"이거 해주세요, 저거 해주세요." 하기 전에 미리미리 내 마음을 읽고 말없이 척척 행동으로 보여주었지요
40년이 지난 지금도 늘 한결같이, 내가 피곤해 누워 있으면 이불 덮어주고 조용조용 발뒤꿈치도 들고 다니고, 추운 겨울 꽁꽁 언 손을 당신 품에 넣을 때도 빨리 녹으라고 더 꼭 감싸주는 당신
어린 나를 두고 머나먼 하늘나라로 먼저 가신 아버지가 당신께 나를 부탁하셨나요? 심해가 깊다고 한들 당신의 깊은 정에 비할까요?
당신의 인품은 맑고 높은 가을하늘처럼 빛난답니다
당신은 나를 지켜주는 영원한 황금 기둥입니다

서종갑

1950년대 말 시골에서 태어났다. 부모님께 사랑 많이 받으며 어린 시절을 행복하게 보냈고, 20대 중반에 결혼해서 남매를 낳았다.
아이들을 잘 키우기 위해 장사도 하고 직장도 다니면서 참 열심히 살았다.

소꿉친구

난 자매가 없어서
밥 먹고 매일매일 그 친구 집에 가서
하루 종일 놀았다

지금까지 살면서
속말 터놓고 이 말 저 말 다 할 수 있는
유일한 친구

최근 추석 안부를 묻다가
마음 아픈 소식 들었다
큰 수술을 했다고 한다
그 말을 듣는 순간 어머나
고생 많이 한 친구
마음이 아프다

주말에 만나기로 했는데
아직 몸이 안 좋아
회복 후에 만나자고 한다

친구야!
힘내서 건강 회복하면
꼭 다시 만나자

김명희

1950년대 말 부유하지 않은 집에서 태어났다. 초등학교 졸업 후 검정고시로 중학교 과정을 마쳤고, 늦은 나이에 고등학교에 진학해 지금은 즐겁고 행복한 나날을 보내고 있다. 훌륭한 국어 선생님을 만나 문학을 알게 되고, 시도 써보게 되었다.

군자란

마음의 병을 앓고 있을 때
우연히 만난 작은 군자란

내가 아플 때 외로울 때
쓸쓸할 때 힘들 때도
묵묵히 싹을 내고
긴 세월 함께한 친구

주황색 꽃으로 다가와
나에게 속삭인다
힘을 내라고

활짝 핀 주황색 꽃을 바라보며
지난날 나의 아픔을 날려 보낸다

피고 지는 꽃을 보면서
힘을 얻고 용기를 낸다

세월의 그리움을 함께 나누는
나의 친구

이순복

어느 날 원격 수업을 하는데, 우리 남편이 수업을 오래 못 하게 했다. "아이고 허리야." 입에 붙은 소리를 나도 모르게 하나 보다. 날씨가 너무 좋아 인왕산 수성동 계곡에 가자고 한다. 바람 쐬어야 한다고. 언제나 나를 생각하며 순간순간 많이 챙겨준다. 그런 남편이 고맙다.
옥천암 앞에는 실개천이 흐른다. 아침에 눈을 뜨면 우리 집 뒷마당으로 불어오는 북한산 바람의 향기가 참 시원하다. 나는 실개천과 북한산 둘레길을 참 좋아한다. 옥천암 목탁 소리가 멀리까지 들린다. 그 목탁 소리도 참 좋다.

만추의 빈자리

지금 내 곁에는
언니 오빠의 빈자리만
홀연히 남아 있다

계절마다 함께했던
삼남매였는데
막내인 나만 남아
때론 외롭다

11월 만추가 되면 더욱
오빠 언니가 그립다

앙상한 가지 위에
한 잎 두 잎
나뭇잎이 대롱대롱
괜스레 눈물이 난다
홀연히 떠난 언니 오빠 같다

박경순

어려운 시기에 태어나 스물일곱에 결혼하고 두 아들을 두었다. 지금은 두 아들 모두 결혼해서 잘 살고 있다.
늦은 나이지만 학교생활이 너무너무 재밌다. 이른 새벽 분주하게 준비하고 교실에 오면, 어느새 10대 소녀가 되어 반 친구들과 재잘재잘거린다.
가장 재미있는 과목은 체육이다. 지난 체육대회 때 훌라후프 대회에 나갔다. 엉덩이를 씰룩씰룩…… 우리 반 친구들은 응원하느라 목청이 터졌다.

무언의 벗

하남에서 이른 아침
시원한 바람을 가르며
고속도로, 올림픽대로
다시 내부순환로

인왕산 자락에 위치한
학교에 도착한다

늘 내 손과 발이 되어
나와 동행하는 나의 벗
늘 내 편이 되어
나의 맘을 달래주는 나의 벗

말없이 내 눈물 받아주고
묵묵히 내 기쁨 끌어안으며
어제도 오늘도
씩씩하게 달린다

늘 함께하며
친구가 되어주는
나의 무언의 벗

장유나

1966년에 태어났다. 말띠 여자라서 팔자가 세다는 말을 많이 들었다. 어릴 때는 떡방앗간 기름집 넷째 딸로 사랑받고 자랐지만, 아버지가 일찍 돌아가시는 바람에 학업을 중단하게 되었다. 그 부족함을 채우기 위해 지금 학교에 다니며 좋은 추억 쌓으면서 공부하고 있다.

한동안 다리가 너무 아파서 답답하고 야속했는데, 병원에서 치료하고 나서 좋아졌다. 그래서 등산반에도 가입했고, 뭐라도 할 수 있을 것 같아 행복하다. 또 언제 아플지 모르지만, 야속한 생각은 그만하고 행복한 날만 기대하려고 한다.

즐거운 교복 체험

중학교 중퇴하고
40여년 만에
다시 입어본 교복

그 시절 그때로 돌아간다
그때의 친구들이 떠오른다
웃음이 절로 난다

여학생들은 단정한 치마
남학생들은 씩씩한 교련복

유나야!
여기저기서 내 이름 부르며
같이 사진 찍자고 한다

얼마 전까지 병원에 입원해 있던 나
오늘은 꿈같은 시간을 보낸다

행복하자, 웃자, 서러워 말자
힘을 내본다

후인김탄

베트남에서 한국으로 온 지 12년 되었다. 남편과 아홉 살 딸, 세 살 아들, 이렇게 네 가족이 함께 살고 있다.
한국은 사계절이 있어서 너무 좋다. 한국말 열심히 배우고 한국 사람들과 친해져서 얘기 많이 나누고 싶다.

발에 잘 맞는 신발

어디라도 가고 싶지만
신발 안 맞으면 못 가요

친구들이 말했어요
"예쁘고 좋은 신발 사야 돼."
그래서 같이 샀지요

너무 예뻤지만 맞지 않았어요
걸어보니 발이 너무 아팠어요

그때 생각했지요
예쁘고 비싸다고 좋은 건 아니야
내 발에 맞아야 해

그래야 오래 걸어도, 힘들어도
끝까지 갈 수 있어요

이정숙

한동안 나를 잃어버린 채 살아왔다.
자식 공부시키려고 호주에 갔을 때 너무 힘들었다. 영어도 안 되고, 마음 나눌 사람도 없고……. 그래도 최선을 다해서 20년 넘게 살았다.
나는 항상 남편 뒤에 숨었다. 사람들 앞에 나서서 말도 못하고, 오직 자식과 남편을 위해 희생하며 살았다. 그래서인지 늘 마음이 허전했고 부족함이 채워지지 않았다.
큰아들은 골프 선수가 되었고, 작은아들은 호주 최고 대학에서 심리학을 전공한 뒤 한국에서 근무하고 있다. 자식들이 잘되었으니 내 삶이 헛되지는 않았다 싶다.
이제 나를 찾고 싶다. 학교생활 하며 지식도 쌓고 사람들과 교류하며 행복하게 살고 싶다.

장애인 할머니의 하루 일과

자기야 온나
자기야 온나

장애인 할머니의 하루 일과다
그래도 정이 간다

어린아이처럼 해맑게 웃으며
자기야 온나
자기야 온나

왠지 속상하기도 하지만
왜 불러요
하며 간다

보고 싶어서
사랑하니까

말씀하시는 그 모습에
나는 오늘도
할머니를 보러
30분 일찍 집을 나선다

4반

최재서

6·25전쟁이 한창이던 어느 겨울밤, 충청의 칠갑산 자락 80여 호 남짓한 감밭 고을, 전형적인 농촌에서 태어났다. 어릴 적 소, 돼지, 닭 키우는 일은 내 몫이었다. 콩밭 매고, 누에도 치고, 농작물 재배는 기본이었다.

15명 넘는 대가족이다 보니, 초등학교 졸업하고 나서 2년 남짓 글방(서당)에 다니며 한자 공부한 게 교육의 전부였다. 어린 나이에 사회생활을 시작했고, 수많은 사연과 시련을 겪어가면서 성공과 실패를 거듭했다.

일흔이 넘어 우연한 기회로 늦깎이 학생이 되었다. 선생님의 기대처럼, 영원한 붓쟁이가 되고 싶다는 욕심을 품어본다.

물어보지 못하는 아픔

중학교로 진학하지 못하고 농사꾼으로 출발
서럽고 아쉽고 슬펐지만
괴로워하는 부모님의 눈빛을 읽고
눈물을 삼킬 수밖에 없었다

천자문 배우러 오가는 길에 마주치던
등하굣길 중학생이 된 동창들
자존감 잃고 눈물 뒤범벅되던 날
얼마나 많았던가

사회생활과 결혼, 그리고 아기의 탄생
아들의 결혼과 아픈 헤어짐
왜?
물어볼 수도 없는 너무나 큰 슬픔

세상살이 쉽지 않았지만
슬픔과 아픔을 뒤로한 채
나는 이제 고등학생이 되어
새로운 삶을 맞이하고 있다

김재욱

경상도 농촌에서 태어난 촌사람이다. 중학교 졸업 후 서울에서 타향살이를 시작했다.
군대에 가기 위해 기술을 배웠는데, 기술자격 관련 기능사 자격증 5개를 취득했다. 육군에서 20년 근무 후 퇴직했다.
방통고에 입학해 여러 수업을 들으며 새로운 것들을 하나씩 배워가고 있다.

초딩 친구

체육대회 줄다리기를 마치고 나오는데
응원용 풍선 막대기로 나의 등을 때린다

깜짝 놀라 뒤돌아보니
초등학교 여자 동창이었다

너무 놀랍고 반가워
초등학교 아이들처럼
두 손 잡고 깡충깡충 뛰었다

거짓말 같았다
서울에서 대구에서 객지생활하다
한날한시에 같은 곳에서 만나게 되다니

동창회에서 볼 때마다
항상 친절하고 상냥해서
친구들에게 귀감이 되던
너

최이환

1974년 서울에서 태어났다. 중학교 졸업 후 신문 배달을 시작으로 사회생활을 일찍 했다. 지금은 퀵서비스 업종에서 일하고 있고, 시간의 여유가 생겨 방통고에 재학 중이다.
일할 때 머리를 보호하기 위해 늘 헬멧을 쓴다. 등산을 자주 가는데 그때도 언제나 모자를 쓴다. 모자를 쓰면 마음이 편해진다.
시를 쓰게 된 이유는 나에게 쓰는 편지로 나를 위로하고 내 마음을 들여다보고 싶었기 때문이다. 내 마음을 시로 표현해 보고 싶었다.

모자

너에게 꼭 말해주고 싶었다
늘 내 곁에 있어 줘서
고마워

나의 분신이자
동반자이며
친구인 모자

보호해 주고
함께해 주어
고마워

내 생각의 저장고인 머리를
따뜻하고 포근하게
감싸주는 내 친구

너로 인해
마음까지 편안해진다

임도영

충남 홍성의 인정 많고 평화로운 마을에서 5남매의 맏이로 태어났다. 병원을 하시던 아버지 밑에서 많은 사랑을 받으며 자랐다.
어릴 때는 공부가 싫었고, 특히 수학이 어려워 중간에 학업을 포기했다. 살다 보니 뒤늦게라도 공부해야겠다는 생각에 다시 학업을 시작했다.
그동안 의상 디자이너, 노인복지 상담사, 방송국 프리랜서로 일하면서 슬하에 2남 1녀를 두고 세 명의 손자와 두 명의 손녀를 선물받아 행복한 노후를 보내고 있다.

그때 그 맛

오늘같이 쌀쌀한 날은
엄마의 된장찌개가 그립다

구수하면서도 칼칼한 그 맛
뚝배기에 담겨진 두부와 호박 오가리

언젠가 가족들이 빙 둘러앉아
두레반상에서 밥을 먹을 때

뚝배기에 담긴 된장 덩어리가 고기로 보여서
살짝 두부로 덮어서
숟가락으로 덥석 떠다 먹었다

찡그린 내 얼굴을 보며
온 가족은 허리를 잡고 웃었지

그때 그 맛
이렇게 쌀쌀한 날씨면
울 엄마 된장찌개가
한없이 그리워진다

양봉례

한적한 시골, 오지 중에서도 오지 마을에서 7남매 중 넷째로 태어났다. 아버지는 아들만 공부시키고 딸은 공부시키지 않으셨다.

나는 배우고 싶어 열여덟 살에 무작정 서울로 올라와서 '노라노'라는 의류회사에 취직했다. 결혼 후 호된 시집살이 30년 끝에 중학교 공부를 하게 되었다. 그리고 늦었지만 용기를 내서 고등학생이 되었다.

지금은 행복한 노후를 맞은 것 같아 보람되고 감사하다.

그리운 냄새

초가삼간 빙 둘러 대나무 있어
사계절 참 아름다운 곳
사랑채 한 켠에는 외양간
그 옆에는 밥 달라고 꿀꿀대는 돼지우리

넓은 마당 옆 행랑채 뒤쪽
아름드리 감나무
가을이면 동네 꼬맹이들 간식거리가 되어 주었다

봄이면 빨간 앵두 주렁주렁 달리고
노란 곰달초나무에 벌똥나무도 있었다

가을 곡식이 익어갈 무렵
품앗이 일꾼 주려고
대나무밭 땅속에 막걸리를 숨겨놓았다
들킬세라
밥사발 들고 살금살금 대밭으로 가서
술지게미 한 사발 떠다가 사카린 달달하게 타서
뒷방 이불 푹 뒤집어쓰고 한 사발 해치우고
그대로 잠들어 버리곤 했었다

지금도 그리운 고향의 막걸리 냄새

유 이

충청도 시골 마을에서 태어났다. 교사가 되고 싶어 열심히 공부했지만, 정보가 부족한 시절이라 시골에서 서울로 고등학교 시험을 보고 낙방했다. 재수하려고 했지만, 그 시절에는 적당한 학원이 없어서 포기했다. 서독에 가고자 간호조무사 학원 1년 코스를 마쳤으나, 서독으로 가는 것도 포기하고 결혼했다.

결혼 생활은 순탄치 않았다. 남편의 거듭된 사업 실패로 정말 어려운 생활 속에서도, 자녀들은 나와 같은 길을 걷지 않게 하려고 4남매 대학교부터 대학원까지 열심히 뒷바라지했다. 덕분에 4남매 모두 대기업에 취업했다.

70세의 늙은 나이에 공부를 시작하게 되었다. 모든 것을 이룬 지금, 너무나 행복하다.

울 언니

울 언니 77세
고등학교 3학년 졸업반이다

요양원 가서 간장 된장 담그고
봉사활동을 하루도 쉬지 않는다

우울증에 시달리던 나에게
입학을 권유하던 언니

이 나이에 공부해서 뭐 하겠냐고
뿌리쳤지만
끝내 나를 설득하던 언니

막상 입학하니 새로운 세상이 열리고
학교생활이 너무 즐겁다
주어진 일에 최선을 다하고
대학도 가고 싶다

내 생각을 바꿔주고
즐거움을 선물해 준
고마운 언니

배경자

1954년 경북 왜관읍에서 7남매 중 둘째로 태어났다. 농사는 조금밖에 짓지 않았고, 아버지가 소규모 직장에 다니셨기 때문에 늘 가난했다.
식구가 많은 탓에 공부는 아래 동생들에게 양보하고 일찍 취직해 돈벌이에 나섰다. 그래서 늘 공부에 목말라 있었다. 지금 나는 방통고등학교를 다니며 못다 한 공부의 한을 풀고 있다.

버리지 못하는 옷

아직도 내게는
버리지 못하는 옷이 있다

장롱문을 열면 보이는
구닥다리 티셔츠 하나

대학 졸업하고 힘들게 취직해서
첫 월급 탔다고 좋아하며
아들이 선물해 준 옷이다

지금은 구닥다리가 됐지만
그때는 동네방네
아들이 사 준 옷이라고 자랑했었다

입지도 않는 그 옷을
버리지 못하는 이유는

결혼해서 제 식구 챙기느라
바쁜 아들이 섭섭할 때
그 옷을 보면 모든 게
용서되기 때문이다

이병희

1951년 충남 당진 두메산골에서 2남 4녀 중 장녀로 태어났다. 초등학교를 졸업하고, 부모님은 계집애가 공부해서 무엇 하냐며 살림이나 배워 시집이나 가라고 하셨다. 그래서 중학교에 진학하지 못했다.

열아홉 살 되던 해 중매가 들어왔다. 나는 결혼하지 않겠다며 서울로 상경하여 양장점에 취직했다. 숙식할 데가 마땅히 없어서 양장점 뒤편에서 숙식을 해결하며 기술을 배웠다. 그리고 3개월 후 봉천동에 방을 얻어 자취를 시작하여 지금에 이르렀다. 지금은 미국에 수출하는 의류 샘플을 제작하고 있다.

두려운 글쓰기

학교 다니기 전
글을 써본 경험이 없다

국어 선생님이
학생들 작품으로 책을 만들겠다며
글쓰기 숙제를 내주셨다
막막했다

맞춤법도 틀리고
문장구조나 글 형식 기초도
부족한 내가
글을 써야 한다고 생각하니
부담스러웠다
수업 시간에 친구들 앞에서
읽어야 하는 것도 부끄러웠다

소설가나 시인 같은 작가들이
대단해 보인다

강종순

1950년대 중반 두메산골 마을에서 태어났다. 당시는 여자들이 자기 이름 석 자만 쓸 수 있으면 된다고 해서 초등학교 이상은 잘 보내지 않았다. 나도 그런 줄 알고 살았다. 20대에 결혼해서 슬하에 남매를 두었다. 지금은 결혼한 딸과 함께 살면서 손주들을 돌보고 있다.

할머니 강아지

별 좋은 가을날이 눈부시게 좋습니다
아파트 단지 안 산책로에는 단풍잎이 울긋불긋
제 자랑에 신이 났던지
길옆으로 융단처럼 내려앉았습니다

유치원에서 돌아오는 손녀를 받아
지천으로 깔린 낙엽을 밟으며
누가 가장 예쁜 색의 단풍잎을 찾아낼까
신이 나서 걷는데
저만치 훼방꾼이 보입니다
손주들이 사달라고 졸라대는
하얀 털이 예쁘게 단장된 강아지들입니다

얼른 피해 가려고 걸음을 재촉하는데 손녀가
할머니! 하고 부릅니다
또 변명해야 하는 불편한 마음을 누르며
왜? 하는데

우리 집에는 강아지가 필요 없어
내가 할머니 강아지니까

김기화

시골 마을에서 7남매 중 둘째로 태어났다. 먹고살기 힘든 시절이라서 학업의 꿈은 접고, 동생들 돌보면서 부모님 도우면서 회사 다녔다.
성인이 되어 남편과 결혼하여 아들딸 가르쳐서 결혼까지 시키고 보니, 부족하지만 부모의 도리는 한 것 같다.
그동안 못 해본 학업을 인생 이모작에서야 시작해서 열공해 보지만 만만찮다. 서로의 버팀목이 되어주는 학우님들 덕분에 학교생활이 너무나 행복하다.

내 인생의 정원

고진감래 끝에 어느새
훌쩍 와버린
황혼기 마음 한켠에
텅 빈 공간과 아쉬움들

인내와 열정으로 오뚜기처럼 잘 버텨온
나 자신에게 고맙다

그래 내 인생의 정원을 꾸밀 수 있는
기회가 지금이다

힘겨움을 내려놓고
당당하게
텅 빈 공간과 부족함을 채워가면서

앞으로의 수고와 노력이
남은 생을
별처럼 빛낼 수 있도록
내 인생의 정원을 가꾸자

전은자

1958년 조그마한 시골 마을에서 태어났다. 가정형편이 어려워 장녀로서 학업을 포기했다.
지금 방통고에 와서 열심히 공부하고 있지만, 기억력이 떨어져서 자꾸만 잊어버린다. 마음처럼 잘 되지는 않지만, 끝까지 노력해 보리라 다짐한다.

친정엄마

딸의 첫 출산
그 고통을 지켜보며 내가 더 고통스러웠다
두 번 다시 마주하고 싶은 않은 그 고통
하지만 아이가 탄생하는 순간
모든 것이 사르르 녹아내렸다

이것저것 챙겨주고 돌아오는
발걸음이 무거웠다
눈물이 났다
기쁨의 눈물인지 걱정의 눈물인지

한숨 자고 일어나 보니
딸아이가 보낸 애틋한 문자

엄마 잘 들어갔어?
갑자기 비가 오네
엄마 너무 고생해서 아플까 봐 걱정이야
네 걱정은 말고 푹 자

문득 나도 엄마 생각에 잠겼다
우리 엄마도 이런 마음이었겠지

이순숙

어린 시절, 생활이 어려워 충청도 외할머니댁에서 살았다. 숫자 100까지 못 세면 초등학교를 안 보내준다고 해서 아침저녁으로 동네가 떠나가라 하나, 둘, 셋, 넷 창피한 줄도 모르고 숫자를 셌다.
그렇게 초등학교 입학해서는 공부도 잘했고 그림도 잘 그렸다. 전국 미술대회에 나가 상도 타고 행복했다. 생활이 어려워 중학교에는 못 갈 상황이었는데, 선생님께서 부모님을 불러 수양딸로 달라고 하셨다. 그러나 어머니 반대로 이뤄지지 않았다. 그 선생님이 최후까지 끝까지 포기하지 말라고 하신 말씀을 인생의 좌우명으로 삼고 있다.

검은 가방

둥그런 식탁 위에 갈비를 구우며
소주 한 잔 곁들이는 두 여자
즐거운 건지, 심각한 건지
두리번 두리번

한 명이 나가고
또 한 명이 나가더니
나타나지를 않는다
홀로 남은 검은 가방
수상해서 열어보니, 빈 가방

여보, 이 아가씨들 도망갔나 봐

남편이 뛰쳐나가더니
저기 노방산나!
소리치며 마구 뒤쫓는다
아가씨 두 명도 마구 뛰어 도망가는데
내 가슴도 마구 뛰면서

절대로 잡히지 마라
절대로 잡히지 마라

정진례

1950년대 말 경기도 양주에서 8남매 중 둘째로 태어났다. 형제자매의 사랑은 부족함이 없었으나, 늘 배움이 고팠다. 두 딸은 모두 결혼해서 잘살고 있고, 늘 하고 싶었던 공부를 느지막이 하고 있다.
작은딸이 청각장애가 있어 특수학교 앞으로 이사해 아이와 함께 학교에 다녔다. 소통이 되지 않아 답답할 것 같지만, 우리는 언제나 마주 보고 얘기하면서 늘 웃으며 재미나게 살고 있다.
어쩔 수 없이 작은딸을 먼저 챙기다 보니, 큰딸은 "나는 세 살 때부터 어른이었어."라고 말한다. 그런 아이의 일기장에서 순진하고 꾸밈없는 모습을 보았다. 요즘에도 동생을 잘 챙겨서, 아들보다 더 든든한 큰딸이다.

작은딸의 손짓사랑

기역 니은 디귿 리을
손가락으로 말하지요
미음 비읍 시옷 이응
눈으로 듣지요

청각장애인 딸은 늘
손가락으로
말하고 듣지요

큰딸의 일기장

작년 말 딸이 이사했다
짐을 정리하다가 묶어놓은 상자를 열어보게 되었다
딸의 초등학교 일기장이었다
무심코 넘기다가 2학년 때 일기가 눈에 들어왔다

꿀이 들어 있는 호떡을 먹었다. 정말 맛있었다.
꿀떡꿀떡 잘 넘어갔다. 정말 꿀맛이었다.

한경숙

서울 성북동에서 2남 2녀 중 둘째 딸로 태어났다. 초등학교를 졸업하고, 집이 가난해서 열네 살 나이에 돈을 벌어야 했다. 1년 뒤엔 미싱사가 되었는데, 한 달 월급이 3천 원이었다. 그 돈으로 우리 여섯 식구가 생활했다.
방송통신중학교를 졸업하고 지금은 방송통신고등학교에 재학 중이다.

뒤늦은 후회

제일 친한 친구가 먼저
하늘나라로 갔다
말 한마디 나누지 못하고
떠나보냈다

나처럼 당뇨를 앓았다
많은 아픔을 겪다가 떠났다

장례식장에 들어서니
가족들이 전하는 말
"돌아가시지 전에 엄청 기다리셨어요."

그 친구는 다리 한 쪽을 잃었다
다리 멀쩡한 내가 찾았어야 했는데
살아서는 못 보고
영정사진 앞에서 만났다

친구야! 미안해
너무 보고 싶어

이규숙

충청도에서 태어나 서울에서 자랐다. 형편이 여의치 않아 공장을 다니며 기술을 배워 일하다가 결혼했다. 많은 시련과 아픔을 겪었고, 산후도우미 일을 배워 그 일을 하고 있다. 나에게는 가슴으로 낳은 딸 네 명과 친아들 둘이 있다. 지금은 남편과 큰아들이랑 같이 살고 있다.

아기는 운다

배가 아파도 울고
배가 고파도 울고

오줌을 싸도 울고
똥을 싸도 울고
방귀를 뀌어도 운다

이래도 울고
저래도 운다
울고 또 운다
그리고 잔다

물끄러미 보고 있노라면
삼며시 웃는다
그 웃음을 먹고
나는 산다

고영순

지도에도 표시되어 있지 않은 작은 섬마을에서 태어났다.
7남 2녀를 둔 부모님은 어업과 농사일을 하셨다.
아주 어렸을 때는 고만고만한 애들끼리 모여서 놀았는데, 어느 날 수문 옆에서 물놀이하다가 거꾸로 넘어지면서 바다 쪽으로 빠졌다. 그때 지나가던 동네 아저씨가 새끼줄을 던져주어 그 줄을 잡고 살아났다.
명절 때 고향에 가면 나를 구해준 그 아저씨가 꼭 오셔서, 생명의 은인이니 막걸리와 이바지 음식을 꼭 대접하라고 했다. 이제는 그분이 돌아가셔서 명절 때 뵙지 못한다. 처음에는 무거운 짐을 벗은 것처럼 홀가분하기도 했는데, 언젠가부터는 고향 가는 길이 허했다.
내가 지금 고등학교에 다니고 있는 것도 그분 덕분일지 모르겠다.

가슴에 내리는 비

온통 아름다운 단풍으로 물들던 그 가을
나는 사랑하는 아들을 보내야 했습니다

단풍잎과 함께 소풍 떠나던 그 순간까지
엄마와 아내를 걱정하던 아들이
그 새벽 인사도 없이 떠났습니다

선물처럼 내게 와
사는 내내 기쁨과 즐거움을 줬던 아들
한 번도 실망시키지 않고
한 번도 속 썩이지 않았던 아들
서른셋, 그렇게 일찍 가버린 사랑하는 내 아들

눈이 부시도록 아름다운 가을이면
너무나도 보고 싶고 그립습니다
이 가을 애써 누르고 있던 슬픔과 아픔이
비가 되어 가슴속이 파이도록 내립니다

잊히지도 않고 내리는 비도 멈추지 않겠지만
이제 이 가을도 아름다움으로
승화시켜 보려 합니다

김 진

목포에서 중학교를 졸업하고 무작정 서울에 올라와 사회생활을 시작했다. 그러다 지금의 남편을 만나 결혼했고, 현재는 자영업을 하고 있다.
자영업을 하다 보니 이런저런 사람을 많이 만난다. 종종 오시던 어르신들이 돌아가셨다는 소식을 듣게 되면 마음이 착잡하다. 인생 경험담 들려주시고 웃음보따리 주시곤 하던 분들인데. 그래도 세상에는 좋은 분들이 많아서 살아갈 맛이 난다.
일만 하다 뜻하지 않게 방통고에 다니게 되었다. 배움에는 때가 없다고 하지만, 막상 공부해 보니 머릿속이 하얘질 때가 많다.

천사 고객

2006년 3월에 창업하고
고객 한 분을 만났다

처음에는 이상하게 행동해서
오해도 했지만
웃는 얼굴로 매장에 오는 날이 늘어갈수록
서로를 이해하게 되었다

아프면 병원 가라 가게도 봐주고
때론 가게에 와서 점심도 먹었다

17년이란 세월이 지나도
처음처럼 그 마음이 한결같다

정말
천사 같은 언니

정현주

1985년 베트남에서 삼남매 중 둘째로 태어났다. 부모님과 같이 살면서 새우 양식 10년 하고 스물두 살에 한국 남자 소개로 한국에 왔다.
한국에서 처음에는 정말 힘들었는데, 특히 겨울이 너무 추웠다. 한국에서 4년 살면서 한국말을 배워 귀화하게 되었다. 베트남 이름은 쯔엉티투남인데, 귀화하면서 이름도 바꿨다.
결혼 16년 동안 딸 하나, 아들 둘을 낳아 길렀다. 아이들을 키우면서 공부가 부족한 것 같아서 다시 고등학교에 다니고 있다.

아버님

처음에 베트남에서 결혼할 때
아버님께서 결혼식에 오셨다

내가 한국에 와서 한국말을 잘 못하니까
아버님은 베트남어를 배워
나랑 대화하려고 하셨다

아버님은 항상 친절하게
현주야, 뭐 먹고 싶니?
물어보고 사 주신다

내가 임신했을 때는
일주일에 한두 번
돼지갈비 사 주셨다
친정이 멀어 갈 수 없지만
아버님이 계셔서 정말 다행이다

16년 동안 한결같이
병원 갈 때나 아이들이 아플 때 함께하셨다

며느리는 아버님 사랑합니다

김기화 박스형 과속 단속

강범수 아들

박추연 낡은 의자

박순옥 남편 마음

김혜선 나의 이력서

신정안 노트북

구옥분 알아가는 즐거움

이윤숙 사람이 좋다

김효순 내 안의 소리

채원순 반지와 혈압계

김영임 가로수

김복식 휴대전화기

박재숙 닮아간다

조마리아 숲

박맹숙 나는 고등학생

김효선 심는 대로 거두리

서한누리 쓰라림

5반

김기화

황혼길에 책가방 둘러메고 전철 타고 잃어버린 지난 꿈 찾아간다. 지나간 세월이 야속도 하고 후회스럽지만, 그 세월은 이미 다 지나가 버렸다.
오늘 배운 거 내일이면 잊어버리지만, 그래도 몇 가닥의 기억은 남아 있겠지.
스무 명의 5반 급우들아! 지는 노을처럼 밝고 곱게 물들어, 겨울 가고 다시 봄 오면 이리저리 흩어져 새로운 학급 새로운 친구들과 다시 희망의 꽃 피워보자.

박스형 과속 단속

지방도로 고속도로 어디를 가든
박스형 과속 단속이 수두룩하다

빈 껍데기만 세워놓고
과속 단속이란다

허수아비 보고 놀라는
참새는 없다

과속 단속 카메라
구간 단속

우리나라 도로는 차들의
지옥이다

과속 단속이 과속을 부른다
언제쯤 장애물 없는 편한
도로가 되려나

이제는 황혼길
내 생애 과속의 시대노
끝나고 있다

강범수

가난한 집에서 태어나 초등학교 졸업 후 중학교도 못 가고 직장생활로 너무나 힘들게 일했다.
결혼하고 자식 남매를 두었는데, 힘들어서 아이들에게 잘 해주지 못해 너무나 미안하다. 죄를 지은 것처럼 애들 보기가 너무나 힘들고 미안하다.
지금도 자식들 생활비 도움으로 살고 있어서 너무나 미안하다.

아들

아들은 늘 몸 아픈 나를 위해
일 그만하고 서울에 올라와서
편히 지내라고 한다

매달 아들한테 용돈 받아 생활하는데
그것만으로도 고마운데
뭐라고 답해야 할지 몰라
아무 말도 하지 못했다

어떻게 해야 할지
한평생 이렇게 살아가야 옳은지
생각에 잠긴다

아들은 날마다 일에 치여 바쁘고
속이 상한 일이 있어도
내색 한번 하지 않는다
항상 가족들과 부모를 위해
묵묵히 부지런히 노력하는 아들이
고맙고 자랑스럽다

박추연

어느 날 내게로 온 의자, 벌써 우리 아이들 나이만큼 오래 되었다. 아이들은 대학을 졸업하고 각자의 자리에서 회사의 일원으로 열심히 살아가고 있다.
그런데 나만은 항상 제자리이고 별로 변한 게 없다. 변한 것이 있다면, 내가 방통고에 왔다는 것.
방통고에 와서 이것저것 배우며 친구들과도 만나게 되었고, 국어 선생님 덕분에 시라는 것에도 관심을 가지게 되었다.

낡은 의자

나에게는 오래된 낡은 의자가 있다
언제 어떻게 들여온 것인지
기억조차 가물하다

항상 함께여서 소중해져 버린 것일까
이사할 때도 버리지 못하고
꼭 챙기게 된다

특별한 이유는 없지만
내게는 소중하다

오늘도 변함없이
우리 집 한구석에서 수호신처럼
지키고 있다

박순옥

1950년대 초 시골 마을에서 태어났다. 가난한 부모님 밑에서 자란 탓에 학교에는 다니지 못했다. 그러나 공부는 하고 싶었기에 혼자서 할 수밖에 없었다.
직장에서 점원일을 하며 세상을 배웠고, 남편을 만나 결혼했다. 남편은 포용력을 지닌 착한 사람이고, 두 남매를 키우며 여느 가족처럼 행복하게 살았다.
딸이 서울대 의대에 합격했을 때는 정말 기뻤고 세상을 가가진 것 같았다. 이제 늦었지만 학교까지 다니니, 참 행복하다.

남편 마음

친구들과 여행 갔다 돌아오는 날
남편이 마중을 나왔다

친구 둘을 태우고 밥 먹으러 갔다
남편이 화장실 다녀오는 동안
친구가 돈을 내고 자리에 앉았다
남편이 보고는 자기 카드로 다시 결제하고
현금을 받아 친구에게 돌려주었다

집에 와서 남편은
본인이 잘한 건지 물었다

내 체면 세워준 것 같아 기분 좋았어

김혜선

어렸을 때부터 삼남매 가운데 유난히 나를 이뻐하시던 아버지! 그래서 더 아버지를 좋아하고 뭐든 아버지를 도와드리고 싶었다. 농사철이면 일손도 돕고, 부모님 고생하시는 데 도와드리는 게 최고 기분 좋았다.

그런데 나는 손이 나무토막 같다는 소리를 많이 들었다. 내 손을 본 사람들은 병원에 가서 치료받으라고 권한다. 전혀 아프지 않은데.

나의 이력서

거칠고 투박해서 나무토막 같은 내 손
마디마디 굽은 내 손

사람들은 말한다
류머티스 관절염 아니야?
아프지 않아?

전혀 아프지 않아
건강하고 부지런해서
고귀하고 자랑스러운 손이야

한 가족의 어머니로 아내로
내 삶의 기나긴 여정 속에서
희, 로, 애, 락 함께한 소중하고 고마운
나의 예쁜 손

삶의 목적을 찾아가는 흔적이자
화려한 이력서

신정안

초등학교 졸업 후 부모님의 일을 도와드리고 있을 때, 상급학교에 진학한 친구들이 여름방학이라고 멋진 교복을 입고 나를 찾아왔다. 나는 너무 창피하고 부끄러워서 엄마 뒤로 숨었다. 엄마는 친구들을 반겨주지 않는다고 꾸중하셨다.

지금 생각해 보면, 그때 엄마도 속이 상해서 내 친구들에게는 뭐라고 못 하시고 나를 꾸중하셨던 것 같다.

그때 마음속으로, 언젠가는 나도 학업의 꿈을 이루리라 다짐했다.

노트북

수십 년 소망했던 꿈이
이루어지던 날
막내아들이 공부할 때 쓰라고 사 준
노트북

내가 할 수 있을까?
설레는 마음으로 노트북을 만지며
잠 못 이루었다

지금은 어엿한 고등학생
학교생활이 꿈만 같다
모든 과정이 힘들고 어렵지만
서로 마음을 나누고
함께할 수 있는 친구들이 있어
행복하다

하루하루 긍정적으로 생각하며
오늘도 나의 보물
노트북으로 수업하고 있다

구옥분

공주 두메산골에서 태어나 우물 안 개구리로 살았다. 공부해야 하는 이유도 몰랐고, 필요하지도 않다고 생각했다. 하지만 나의 큰 착각이었다. 평생 배우지 못한 후회 속에 살았다.
예순 살 중반에 이르러서야 꿈을 다시 꾸기로 했다. 직장에 다니며 주경야독으로 열심히 공부했다. 주말에 학교 오는 게 너무 좋다. 선생님 말씀이 꿀송이 같다. 너무 좋다. 보람 있는 내 삶이 너무 좋다.

알아가는 즐거움

낼모레면 칠십
이제라도 공부할 수 있다는 게
배울 수 있다는 게
너무 감사하다

어려서 배우지 못해
알지 못했던 것을
하나하나 알아가는 것이
너무 좋다

선생님들의 가르침이 좋고
학우들 만나는 것이
너무 행복하다

어렴풋이 알고 있던 일제의 만행에
너무 화가 나고 마음 아프다
과학 선생님을 통해 하늘을 다시 보게 되고
국어 선생님 덕분에 마음속에 있는 글을
써보기도 한다

이윤숙

3남 2녀 중 맏이로 태어났다. 어렸을 적에 할머니께서 "계집애가 학교는 무슨 학교라니!"라고 말씀하셨다. 그때는 그러려는 했다.
살면서 마땅한 배움의 기회를 갖지 못했다. 그게 늘 마음에 걸렸다. 그래서 뒤늦게나마 학교에 다니며 공부하고 있다. 새로운 것을 알아가고 여러 친구들을 만나는 것이 즐겁다.

사람이 좋다

수업이 끝나면 고딩 모임에 합류해
친구들과 즐거운 시간을 보낸다
날이 어두워질 때까지

헤어지기 싫지만
가족들이 기다릴까 봐 집으로 향한다

1학기 끝나고 2학기 접어들자
친구들의 개성이 눈에 보이기 시작한다

살피고 도닥이고 칭찬하는 친구
몸이 약해서 병원에 자주 가는 친구
나와 성격이 비슷한 친구
늘 변함없는 모습이 좋은 친구

건강한 모습으로 모두
오래 만나고 싶다

김효순

어릴 적에는 집안 형편이 어려웠다. 초등학교를 졸업하고 오빠는 진학했지만 나는 그럴 수 없었다. 그래서 마음 한 구석에 배움의 꿈이 언제나 사라지지 않았다.
초로의 노인이 되어서 우연히 배움의 길을 찾아 방통고에 왔다. 여러 수업을 들으며 하나씩 알아가는 재미가 있다. 특히 시 쓰기 수업에서 내 마음을 표현할 수 있어서 좋았다.

내 안의 소리

기억 저편 너머에 내 꿈이 날
기다리고 있었네
아득히 잊고 살았던 내 꿈들

세월이 흘러 꿈을 잃은
초로의 노인이 되었건만

내 마음속에서 늘 소리치며 날
기다리고 있었네

꿈들의 소리를 애써 외면한 채
그렇게 현실에 묻혀 살았네
삶의 무게가 덜어지니 비로소 내 안에서
외치는 꿈들의 소리가 들리네

난 이제 그 꿈들을 찾으려 하네
조금은 어눌히고 조금은 서툴지만
내 안에서 외치는
그 소리를 이젠 외면하지 않으려 하네
잊고 살았던 꿈들을 찾아 떠나려 하네

채원순

60년 넘게 다사다난하게 살았다. 고통스럽고 슬프던 날도 있었고 말할 수 없이 기뻤던 적도 있었다.
요즘은 참 재미있게 살고 있다. 학교에서 공부하는 순간순간이 너무도 가슴 벅차고 감동적이다. 들을 때는 다 알 것 같다가도 지나면 금방 까먹긴 하지만, 긍지를 갖고 열심히 하고 있다.
하나라도 더 쉽고 재미있게 가르쳐 주시려는 선생님들의 마음에 늘 감사드린다.

반지와 혈압계

아들만 셋입니다
아들들이 다 다르더군요
셋째는 딸처럼
엄마 아빠를 잘 챙깁니다

초등학교 1학년 봄소풍 갔다 와서
"엄마, 손 좀 줘 봐!"
플라스틱 다이아 박힌 반지를
손가락에 끼워줬습니다
웃기기도 했지만 가슴이 찡해져
눈물이 날 것 같았습니다

한번은 혈압계를 사 와서
아침저녁으로 꼭 재보라며
엄마 아빠 건강 챙기라며
꼭꼭 당부하고 갔습니다

아들! 고마워

김영임

자그마한 시골 마을인 전북 임실군 성수면 월평리에서 8남매 중 맏딸로 태어났다. 어려운 집안 형편에다 부모님께서는 남동생 5명을 가르쳐야 한다고 하셔서, 나는 중학교에 진학하지 못했다.
학교에 가겠다는 꿈을 품고 살았는데, 결혼하고 세 자녀 키우느라 꿈을 이루지 못했다. 그러다가 어느 날 TV 광고를 보고 늦깎이 중학생이 되었다.
중학교를 졸업하고 고등학교에 입학하여 멸치 선생님을 만났다. 시가 뭔지도 모르는 학생들에게 시를 쓰게 했다. 처음엔 눈앞이 캄캄했지만 애쓰시는 선생님을 보면서 마음을 바꿔 시를 쓰게 되었다. 시를 알게 해준 선생님께 감사드린다.

가로수

처음 우리 학교에 왔을 때는
꽃이 피고 잎이 나고

봄이 지나 여름
파란 잎들 싱그러움 주고

가을이 오니 울긋불긋
예쁜 단풍이 되어
나를 설레게 한다

이제, 예쁜 잎들 다 떨어지고
앙상한 나뭇가지만 남았네

나도 저 나뭇가지처럼
푸르던 잎들 떨쳐내고
앙상하고 힘없는 노인이 되겠지만

희망과 용기를 갖고
주저앉지 말고
끝까지 노력해 보자

김복식

가난한 집 장녀로 태어났다. 너무 가난해서 다른 친구들은 학교 갈 때 갈 수가 없었다.
자라면서 부모님 원망도 많이 했다. 잘 입히지도 잘 먹이지도 잘 가르치지도 못하면서 왜 낳았을까? 내가 부모가 되어보니 자식에게 좋은 것 주고 싶고 남들보다 잘 가르치고 싶은 게 부모 마음이라는 것을 알게 되었다. 원망을 들을 때 얼마나 마음이 아팠을까? 지금은 하늘나라에 계신 두 분, 너무 보고 싶고 그립다.

휴대전화기

요란스러운 벨소리를 내며
휴대전화가 울린다
누굴까?

보고 싶었던
시집간 딸한테서 온 전화였다

같이 살 때는 싸우기도 하고
잔소리도 많이 했었는데
따로 살다 보니 그리워지고
보고파진다

그동안 밀렸던 얘기를 하며
하하 호호 한동안 떠들다가
전화를 끊고 혼자 빙그레 미소 짓는다

휴대전화 덕분에
그리움 잠시 잊는다

박재숙

시골 농촌에서 태어났다. 서울에 올라와 결혼하고 아들딸 키우며 살았다.
지금은 아들딸 모두 결혼해서 잘 살고 있지만, 그래도 늘 자식 걱정이다. 그런데 생각해 보니, 우리 아버지는 어떻게 혼자 7남매를 보살피며 사셨는지……. 대단하고 감사할 뿐이다.

닮아간다

혼자 7남매 키우시던 아버지
이제 그 마음을 조금씩
알아간다

자식들 잘되어 기뻐하는 맘도
꾸짖고 돌아서서 슬퍼하는 맘도
닮아간다

다 키운 자식 떠나보내는 외로움도
내 마음 몰라주는 서운함도
닮아간다

닮아가니
알아간다

조마리아

어느 봄날 길을 걷다 하수구 안에서 핀 여뀌꽃을 보았다. 아무도 봐주지 않는 곳에 작은 송이 조롱조롱 매달고 사랑스럽게 피어오르는 여뀌를 보며 자연의 위대함과 소중함을 깨닫게 되었다. 숲해설사 자격증을 취득하고 사람들과 함께 풀 한 포기에도 온 우주가 깃들어 있음을 보며 살아가고 있다.

배움에 대한 갈망을 가슴에 묻어두고 살다가, 딸들의 도움으로 처음 와본 경복고등학교. 내 눈에 먼저 들어온 건 학교 곳곳에 서 있는 수많은 수목이었다. 학교에 오갈 때마다 보고 또 보니 너무 행복하고, 수업을 들을 때마다 지식 습득의 기쁨이 너무 커서 흥분되리만큼 즐겁다.

숲

매일 산책하는 숲길에서 만난
꽃사과나무와 봄꽃 나무들을 본다
새봄의 새순과 꽃잎과 빨간 열매

오늘도 나는 너를 만나러
네가 있는
숲길에 든다

오늘은 팥배나무가 빠알간 열매로
나를 반겨주는구나
지난 초봄엔 추운 겨울 이겨내고
뾰족이 내민 새순이
내 가슴을 뛰게 만들더니

곧이어 불그스름한 꽃봉오리와
조롱조롱 매달린 하얀 꽃잎에
눈물이 핑 돌았다

너로 인해 매일이 행복한 나
오늘도 나는 너를 만나러
네가 있는
숲길에 든다

박맹숙

어렸을 때 가정형편이 어렵거나 힘들어서 배움의 기회가 없었던 건 아니었다. 철없던 어린 마음에 학업에 충실하지 못하고 중도 하차의 길을 택해 부모님의 마음을 무척이나 아프고 힘들게 해드렸다.

부모님께 늘 미안했고 아직도 후회하고 있다. 그래서 늦게나마 방송통신고등학교에 입학했다.

부모님은 이제 노환으로 어린아이가 되어버렸다. 이 시로 죄스러운 마음을 조금이나마 전하고 싶다.

나는 고등학생

방송통신중학교
입학하던 날

교장 선생님의
축사에 이어
행사가 이어지던 순간

왠지 모를 눈물이
주루루
흘러내렸다
주체할 수가 없었다

배우지 못한 안타까움과 미련을
마음속 가득 품고 살았는지
3년이라는 시간이 살같이 흘러
이제는 어엿한 고등학생

아버지 어머니, 아주 많이 늦었네요
그래도 덕분에 여기까지 왔습니다

김효선

내 삶에 만족하고 즐겁게 살아가고 있다. 인생길이 쉽지만은 않지만 그래도 행복하게 살아가려고 노력한다.
그동안 많은 어려움이 있었지만 다 잊고 인생을 더욱 값지게 살아가고 싶다.

심는 대로 거두리

나는 교회에 다닙니다

혹시 잘못한 일 있으면
두 손 모아 반성합니다
내 주변 사람들 모두 잘되라고
두 손 모아 기도합니다

심는 대로 거둔다고 하니
낙심 말고 포기하지 않으면 거둔다고 하니
선한 마음으로 착한 일 많이 하며
좋은 결실을 거두고 싶습니다

내 남은 생이
더욱 뜻있고 행복해지는
길일 테니까요

서한누리

1997년 말, 사랑 가득한 어머니에게서 태어났다. 외동으로 자라며 철없고 어린 마음에 어머니를 조르고 졸라 2013년에 드디어 동생 베리를 만났다.

베리는 나에게 너무도 소중한 존재였는데, 어느 날 다른 곳으로 보내지게 되었다. 너무 속상했지만 어쩔 수 없었다. 말 못 하는 짐승이지만 베리는 나에게 하나뿐인 동생이었는데…… 베리와의 추억을 오래도록 기억하고 싶다.

쓰라림

우리 가족을 담던 너의 큰 눈에는
당황스러움과 혼란스러움이 가득했고
그것을 보는 나의 마음은 쓰라렸다

알려줄 수 있다면
말을 할 수 있다면
너의 두려움을 잊게 만들 수만 있다면

세상을 알려줄 수 없으니
오해만 쌓일 것 같아
쓰라리다

결국 내가 더 잘하면 된다고
생각하게 만드는 세상이
쓰라리다

세상도 쓰라리면 좋겠다
쓰라리고 쓰라려서 세상도 사랑을 찾다 보면
내가 너에게 사랑을 알려줄 수 있는 세상도 오겠지

6반

최진교

1960년대 말 중학교를 졸업하고 상경하여 핸드백 제작 기술을 배웠다. 자영업을 하기도 하고 직장도 열심히 다녔다. 두 아들을 두었으나 지금은 혼자 살고 있다. 항상 반찬과 먹을 것을 챙겨주는 아들 내외가 무척이나 고맙고 사랑스럽다.

아들 내외의 마법

아들 내외가
눈에 넣어도 아프지 않을
손녀들을 데리고 왔다

그동안 청소를
소홀히 하며 살아왔던
나의 모습이
못마땅하게 보였나 보다

아빠!
애들 데리고
집 앞 놀이터에 가서 좀
놀다 오세요

손녀들 그네를 밀어주며 놀다
집에 들어가 보니
너저분했넌 집 안이
반짝반짝
빛이 나도록 깨끗했다

김강권

1957년 충남 서천에서 태어났다. 두 살 때 홍제동 산동네로 이사와 네 살 때 어머니, 아홉 살 때 아버지가 돌아가셔서 학교를 다니지 못했다. 늦은 나이지만 초등, 중학 과정을 수료하고 현재 고등학교 1학년 재학 중이다.
슬하에 1남 1녀를 두었고, 2011년에 미국으로 건너가 재혼을 하게 되었다. 마스크를 연구·개발하는 일을 하고 있으며, 보건용 마스크 특허 43개 보유하고 있다.
나중에 대학에서 후학들에게 보건, 위생, 방역, 산업용 마스크 분야를 가르치는 일을 하고 싶다. 이런 목표를 가지게 도와준 미술작가 아내에게 늘 고맙다.

내 삶의 의미

아홉 살에 혼자가 되었습니다
초등학교도 다닐 수 없었습니다

예순다섯이 되어서야 중학교를 졸업하고
지금은 고등학교를 다니고 있습니다

당신과 함께한 지 11년째입니다
오랜 미국 생활을 접고
한국으로 돌아와
나의 못다 한 공부를 응원해 주었죠

그 일을 편지로 적어
손편지 쓰기 대회에서 대상을 받아
결혼 10주년 선물로 당신을 기쁘게 해드렸죠

또다시 당신을 향한 마음을 써봅니다
남은 학기 최선을 다해서
당신에게 졸업장을 선물하겠습니다
당신은 내 삶의 '의미'이기 때문입니다

신현수

하늘 아래 첫 동네, 가난한 농부의 가정에서 5남매 가운데 넷째 아들로 태어났다. 초등학교 졸업 후 일찍 사회생활을 시작한 탓에 더 이상 공부는 하지 못했다.
당시 회사 사장님의 중학생 아들이 교복을 입고 학교 가는 모습이 정말 부러웠다.
나이 환갑이 지나 중학교에 입학하여 중학교 과정을 마치고, 지금은 고등학교 1학년 재학 중이다.

기특한 가정교사

“엄마, 용기 내서 도전해 보세요”
딸의 부추김에 엄마는 결국
중고등학교를 모두 마쳤다

“아빠, 아빠도 할 수 있어요”
나도 결국 중학교 과정을 마치고
고등학교에 다니고 있다

나이 들어 공부하려니
한쪽 귀로 들어왔다가
한쪽 귀로 나가버린다

딸에게 질문하면
언제나 가정교사가 되어
몇 번이고 친절하게 설명해 준다

내가 학부모일 때는
그렇게 관심을 두지 못했는데……

강성귀

가로등 하나 없는 외딴 산골 마을에서 태어났다. 아버지는 장마 통에 돌아가시고 아홉 살에 서울로 이사했다.
초등학교 4학년 때부터 신문 배달을 하고 5학년 겨울방학 때 용접기계 제조공장에서 일한 인연으로 아직도 그 일을 하고 있다.
여덟 번 사업 실패 끝에, 소비자와 직거래로 방향을 바꾸면서 지금은 형편이 좋아졌다. 덕분에 못다 한 공부를 하며 요즘 너무 행복하다. 대학까지 다닐 생각이다.
하고 싶었던 노래도 열심히 해서, 힘들었던 인생사를 엮은 노래를 만들고 싶다.

나의 신발

발가락이 아프다
걸어 다녀도 가만히 있어도 아프다
30년 전 이삿짐 옮기다 오른쪽 다리를 다쳐
지체장애인이 되었다

그 뒤로 늘 편한 신발을 찾는다
신발 가게 앞을 지날 때면 자연스레 눈이 간다
발아, 너는 어떤 신발을 좋아하니?

눈이 번쩍 뜨이는 신발을 발견했다
가게로 뛰어 들어가 나도 모르게 소리쳤다
"저 신발 주세요!"
"예? 저 신발은 전시품인데요."

사이즈가 맞았다
30년 동안 신었던 어떤 신발보다
편했다

오랜 기다림 끝 찾아온 행운 같은
내 신발

윤민수

2006년 시골 마을에서 태어났다. 시골에서 초등학교를 졸업한 뒤, 서울 근처에서 중학교를 졸업하고 방통고에 오게 되었다.
중학교 때부터 기타 치는 걸 좋아했는데, 제대로 배우지는 못했다. 기타를 열심히 배워서 잘 치고 싶다.

기타

중학교 때
기타를 배우고 싶었다
기숙사 선배들 기타 치는 모습이
멋있어 보였다

기타를 사서
혼자 독학으로 쳐봤지만
실력이 늘지 않아 포기해 버렸다

얼마 전
기타 치는 유튜브 영상을 보고
문득 그때가 떠올랐다
잊고 있던 첫사랑처럼

다시 기타를 치고 싶다
이번에는 포기하지 않을 거다
내가 연주하는 기타가
누군가에게 위로와 기쁨이 되면
좋겠다는 바람으로

박정옥

시골에서 가난한 농부 집안의 둘째 딸로 태어났다. 어릴 적 학교에 다니는 친구가 너무나 부럽기도 하고 샘도 났었다. 그러나 내 나이 70이 되어서 방통고등학교라는 데를 다닐 수 있는 행운을 얻어 학창 시절을 현실로 경험하고 있다.

스마트폰

나이가 들수록 가족도 자녀도 친구도
멀어져 갈 수 있다는 건 현실이다
하지만 내게는 똑똑이 비서 친구가 있어
외롭지도 심심하지도 않다

모르는 것이 있으면 물어볼 수 있고
유튜브 보면서 세상 돌아가는 얘기도 듣는다
가고 싶은 곳 길을 몰라도
주소만 알려주면 목적지까지 안내해 준다

옛날 친구도, 그립던 동료도
스마트폰에 저장해 놓은 사진으로 보면서
그리웠던 추억을 생생하게 되새긴다
목소리가 듣고 싶고
얼굴이 보고 싶으면
영상 통화로 불러낸다

심심할 때 노래도 들려주고 영화도 보여주는
고마운 내 친구
똑똑이 스마트폰

최란숙

3남 4녀 7남매 가운데 셋째로 태어났다. 집안 사정이 어려워져 진학하지 못하고 명동 의상실에서 기술을 배워서 일하다가 의상실 운영을 5년 정도 했다.
결혼해서 아이들을 키우느라 집에 있다가 지금은 손주를 돌보고 있다. 감수성이 예민한 우리 서윤이와 걸으면서 주고받은 말이 문득 생각이 나서 이 시를 썼다.

할머니 생각

손녀 서윤이가 1학년 때
함께 손을 잡고 등교하는 길에
은행잎이 많이 떨어져 있었다

서윤아!
저게 할머니 모습이야
새봄이 오면 우리 서윤이처럼
예쁜 새순이 파릇파릇 나오지
여름이 되면 진한 초록색으로 변하고
가을이 되면 빨강 노랑 색깔로 변한단다

이다음에 어른이 되어서도 단풍을 보면
할머니 모습이구나 생각해 줘
할머니는 우리 서윤이 마음에
영원히 남아 있으면 좋겠어

5학년이 된 서윤이
그때와 같은 길을 걸으며 말했다
은행잎을 보면 할머니 생각이 나고
눈물이 난다고
그 말을 듣고 나도 눈물이 났다

고영순

1950년대 초, 가난한 산골 마을 8남매 중 여섯째로 태어났다. 형제가 많다 보니 나까지 학교에 다닐 수 없었고 집에서 농사일 뒷바라지하며 살았다.
1970년 중반에 결혼해 삼형제를 낳았고, 잘 키워보리라 마음먹고 열심히 공부할 수 있게 뒷바라지했다. 지금은 자식들 모두 자기 자리에서 역할을 잘하는 직장인으로 살아가는 모습을 보면서 뿌듯함을 느낀다.
늦게나마 용기를 내서 방통고에 입학해 공부하고 있다.

잘못 살지는 않았어

지난해 시댁 식구들과 해외여행을
가기로 했다가 코로나19로 미루다가
올해 국내여행으로 바꿔
경상도, 충청도, 전라도, 강원도 전국을 돌며
3박 4일 함께 시간을 보냈다

그동안 몰랐던 시댁 식구들의
마음을 알게 됐다

7남매의 장남인 남편에게 시집와
많은 시댁 식구들을 챙기느라
힘들고 어려움도 많았지만
혼자 삭이고 살아왔는데

그런 일들을 하나하나 기억하며
그때 참 고마웠어요
그때 참 비안했어요

나 그런대로
잘못 살지는 않았나 봐

장명순

전깃불도 들어오지 않는 오지에서 태어났다.

도시로 나와 양재 학원에서 기술을 배워 양장점에서 일하다 지금의 남편을 만났다. 서울 변두리에서 의상실을 23년 동안 운영했다.

그 뒤 마트에서도 일했고, 쉰 살이 되면서부터는 집안일에 전념했다. 그러다 잠깐 스친 인연 덕분에 지금의 고등학교까지 오게 됐다.

잠깐 스친 인연

시간이 나면 산을 오른다
산에 오르면 마음이 상쾌해진다

몇 년 전
피곤한 몸을 이끌고 산에 갔다
산 중턱 공원에서 쉬고 올 참이었다
공원에 거의 도착했을 무렵
누군가 벤치에 앉아 있었다

앉아도 돼요?
- 예, 앉으세요. 어디서 오셨어요?
저는 독립문에서 올라왔어요
- 무슨 일 하세요?
가방끈이 짧아서 양재 배워서 양장점 해요
- 저도 시골에서 학교를 못 다녀서
  지금 방통고 다니고 있어요

그때 스친 짧은 인연으로
중학교를 졸업하고
고등학생이 되었다

윤순연

1956년 2월에 가난한 산골 마을에서 태어났다. 집이 가난해서 늘 힘들게 살다가 남편을 만나 아들딸 낳고 살았다.
아들딸 삼남매는 모두 공무원이 되어서 열심히 직장 다니고 있다.
늦은 나이에 고등학교에 다니며 여러 선생님들을 만나 이것저것 배울 수 있어서 너무 보람 있고 행복하다.

값진 공부

어릴 적 우리 집은 너무 가난했다
한 살 때 아버지가 돌아가셨고
어머니가 힘들게 일해서 4남매를 키우셨다

초등학교만 졸업하고 중학교에 진학하지 못했다
길을 지날 때 간판에 적힌 영어를 몰라 답답했다

결혼하고 아이들을 다 키우고 나서
문화센터에 나가 영어를 배우기 시작했다
처음엔 재미있어서 알파벳을 열심히 쓰고 외웠다
이해가 안 되어 포기하려고 할 때마다
선생님이 붙잡고 이해될 때까지 설명해 주셨다

이제 영어를 웬만큼 읽을 수 있게 되자
세상을 다 얻은 기분이었다

나에게 세상을 선물해 준 영어 선생님
잊을 수가 없다

김순자

1950년대 중반에 깊은 산골에서 태어났다. 형제가 6남매, 집안 형편이 좋지 않아 겨우 초등학교만 다닐 수 있었다. 졸업하자 서울로 올라와 공장에 다니느라 중학교 갈 생각은 못 했다.

결혼하고도 생활이 넉넉하지 않았지만 배우고 싶은 마음은 늘 마음 한구석에 남아 있었다. 그렇게 60년 세월을 살고 나서야 중학교에 입학하고 졸업까지 했다.

지금은 고등학교에 다니는 나 자신이 자랑스럽다.

딸들과의 여행

어느 겨울날 딸들과 함께한 여행
40년 만에 처음이었다

딸들이 어릴 때, 늘 바쁘다는 핑계로
여행 한번 못 했었다

딸들이 훌쩍 커서
이제는 나의 보호자가 되어
이것저것 엄마를 챙긴다
마음이 찡하다

정말 좋은 시간, 좋은 추억이었다
아름다운 산과 바다, 맛있는 음식……
이렇게 좋은 시간을 이제야 누리다니

아니, 이제라도 누리게 되었으니
다행이다

윤영희

어느 대도시의 시내에서 태어났다.
사춘기 무렵 아버지가 우리 가족의 곁을 떠나게 되어 부득이하게 오빠가 살던 서울로 온 가족이 이사하면서 서울 생활이 시작되었다.
서울에 오자마자 타자 학원에서 타자를 배워 그때부터 회사에서 타자수와 일반 경리로 직장생활을 했다. 2021년 12월에 퇴직하고, 배움을 갈망하여 방통고에서 학창 시절을 보내고 있다. 내 인생의 전환점이 되리라 생각한다.

검정 구두

이쁜 내 검정 구두
예전에 너를 신고 한동안
잘난 척했지

명품 구두라고 자랑도 하고
뽐내기도 했었는데
너를 외면한 지가
10년이 지났네

신발장에 박혀 있는 너를 보면서
가끔 추억을 떠올리며
함께한 시간을 그려본다

다시 너와 함께하고 싶다
멋쟁이가 될 수 있는 여인으로
만들어줄래?

이남수

어릴 때 항상 '우리는 왜 가난할까?' 생각했다. 또래 친구들은 입학하는데 나는 그럴 수 없어 많이 울었다.

아홉 살에 드디어 둔기초등학교에 입학했다. 건물이 없어 1, 2학년 때는 서당에서 공부했고, 3학년이 되어서야 세 칸짜리 교실이 지어졌다. 이후 또 세 칸을 더 지어 학교를 완성했다.

졸업 후 부모님 농사를 돕다가 친구들 좇아 서울로 상경했다. 스물두 살에 결혼했는데, 시간이 지날수록 공부하고 싶다는 마음이 커졌다. 결국 하던 사업을 접고, 2019년에 아현중학교에 입학했다. 입학식 때 네 살 손자가 꽃다발을 들고 와 축하해 주었다.

지금은 고등학생이 되어 설레는 마음으로 공부하며 즐거운 나날을 보내고 있다.

고려장

살기 힘든 세월 살다가
지금은 너무나도 좋은 세상

휴일을 맞아 모처럼
고향을 찾았다

92세 엄마
자식 집 싫다며 혼자 계신다
음식 등 겨우살이 준비하면서
이런저런 생각이 들었다
이거 다 드시고 나면?
문득 머릿속에 고려장이 떠올랐다
나 자신이 싫어졌다

옛 선조들 고려장
얼마나 가슴 아팠을까

이화순

1957년 9월, 2남 2녀 중 장녀로 시골에서 태어났다. 엄마는 동생을 낳다가 동생과 함께 세상을 떠났고, 나는 할머니의 껌딱지처럼 크다가 여덟 살 때 아버지가 재혼하여 새엄마와 살았다.
아홉 살에 초등학교에 들어갔지만, 새엄마의 반대와 가정형편 때문에 중도에 그만둬야 했다. 초등학교는 검정고시로 졸업장을 받았고, 중학교는 노량진에 있는 야학에 다녔는데, 그때는 남편이 반대했다. 남편이 하늘로 떠난 다음, 아들이 중학교를 추천해 줬다.
2남 1녀를 잘 키워서 눈에 넣어도 안 아플 만큼 예쁜 손자도 두 명씩이나 있다.

내게 주는 상

내가 살아온 세월
칭찬해 주고 싶다
누가 알아주지 않아도
잘 살았다고
상도 주고 싶다

어머니는 얼굴도 모르는
어린 나이에 돌아가시고
새엄마는 내가
학교 가는 걸 좋아하지 않았다

형편이 어려워
육성회비를 못 내고
학교도 더 이상 갈 수 없었다

하지만 아이를 낳아 키우며
부모님 마음을 알게 되었다

눈에 넣어도 안 아플
예쁜 손자들이
가장 큰 상이다

방성분

1957년 5월 17일 시골 농촌에서 태어났다. 초등학교 졸업할 때 아버님이 편찮으셔서 중학교 등록까지 했다가 못 다니게 되었다.
내내 배움에 대한 갈망을 간직한 채 살았다. 어느 날 방송통신학교를 알게 되어 학교에 발을 디디게 되었다.
학교에 와서 좋은 교우들도 만나고 선생님들과 배움의 길을 열었다.

냉장고

냉장고
생각할수록 장하고 고맙다

무겁다 투정 없이
많은 식품 보관하고
한마디 불만 없이
본분을 다하는

나를 닮은 냉장고

임정임

전남 나주에서 태어나 돌이 되기 전에 부모님을 따라 서울로 이사 왔다. 서대문구 현저동 산꼭대기 판잣집에서 살던 기억이 난다. 안산초등학교를 졸업하고 형편이 좋지 않아 중학교 진학을 포기했다.

교복을 입고 중학교에 다니는 친구들을 보면 무척 부러웠고, 그런 친구들이 나를 볼까 봐 창피해서 숨어버리곤 했다. 나처럼 중학교에 진학하지 못한 친구와 함께 구로동 전자회사에 취직했다.

직장을 다니면서 선자를 알게 되어 결혼해서도 서로 연락하고 지냈다. 선자는 시골에서 중학교까지 졸업했는데, 뒤늦게 방통고에 다니게 되었다. 선자의 권유로 나도 배움의 길에 들어서게 되었다. 나를 이끌어준 선자가 고맙다.

내 친구 선자

엄마는 마흔이 넘어 나를 낳았다
시골에서 농사짓다 상경한 아버지는
변변한 일거리가 없었다

연로하신 부모님의 막내였던 나는
없는 살림에 중학교에 가지 못해 늘
중학교에 대한 동경이 있었다

내 친구 선자도 서울에 올라와
직장에 다니고 있었다

나는 선자가 이끄는 대로
중학교에 입학했고 지금은
고등학생이 되었다

내가 국이 시간에
시를 쓰는 것도
선자 덕분이다

윤미임

1958년 겨울, 설날을 일주일 남겨두고 선달 늦둥이로 태어났다. 4학년 때 아버지가 돌아가셨다.
1983년에 좋은 남편 만나서 결혼해 행복하게 살았다. 2녀 1남을 낳았고, 배우지 못한 공부를 자식들에게 시키려고 최선을 다했다.
세 아이 모두 명문대를 졸업했고, 하나같이 착하고 성실했다. 자식들이 행복할 줄만 알았는데, 경제학과를 나와서 유학까지 다녀온 둘째가 스트레스로 건강이 나빠져 하늘나라로 갔다.
내 감정을 추스르기 위해 뭔가가 필요했고, 학교에 다니게 되었다.

추억을 삼키며

10년째 너의 방 귀퉁이에
외롭게 웃으며 앉아 있다

11월 수능이 끝나는 날
너에게 선물로 보내왔던 커다란 곰돌이
그 친구는 지금도 널 그리워하며
늦가을의 추위를 느끼고 있겠지

바다보다 깊은 가을 하늘
멀리 느끼면서
나와 행복했던
너의 자리를 지켰던
하얀 곰돌이를 오늘도

꼭—
안아본다

김규리

충남 예산에서 1남 5녀 중 막내로 태어났다. 집안 형편이 어려워 중학교까지만 졸업했다.
40년 가까이 의류 업종에서 일하다가 어깨 파열로 일을 그만두었다. 여유로운 시간을 보내다가 학업에 대한 마음으로 방송통신고등학교에 입학했다.
좋은 벗들과 선생님들을 만나 학교생활을 해나가고 있다.

사과

지인의 과수원을 찾아
가끔 일손을 거든다
늦가을쯤이면
넓은 과수원 사과나무 사이로
초록 잎과 빨간 사과가
반짝반짝 햇살에 아름답다

달달한 사과 향기를 킁킁 맛으면서
조심조심 통에 담는다

문득 중학교 때
친구들과 과수원에서 일하던 생각이 났다
한 친구가 높은 가지에 올라
열매를 솎는다고 자랑하다가
나무에서 떨어지고 말았다
걱정보다는 웃음을 참을 수 없었다
한참 웃다 보니 두 볼이 사과처럼 빨개졌다

박유자

대전에서 태어났다. 어릴 때 꿈이 있었지만, 어려운 가정 환경 때문에 일찌감치 꿈을 접어야 했다.
형제 많은 집의 막내지만, 일찍 서울로 올라와 직장생활을 했기에 가족들과 떨어져 지냈다. 명절 때나 고향에 내려가다 보니 엄마 음식을 먹을 수 있는 날이 많지 않았다.
지금은 그마저도 먹을 수가 없어 늘 그립다.

엄마 밥 한 번만

손맛 좋기로 소문난 우리 엄마
집에 가면 늘 이것저것 음식 해놓고
먹으라 하신다
그럴 때마다 실랑이다

“안 먹어.”
“한 번만 먹어봐.”
“안 먹는다고!”

엄마의 실망스러운 얼굴을 보면서
“그럼 하나만 먹을게.” 하면
금세 웃음꽃이 핀다

지금은 먹고 싶어도 못 먹기에
더 그리워지는 엄마 음식

오늘도 나는
이뤄질 수 없는 소원을 빌어본다
‘엄마 밥 한 번만 먹어봤으면’

이 책을 만들기까지

2022년, 경복고등학교부설 방송통신고등학교에서 1학년 국어 수업을 할 수 있겠냐고 제안받았습니다. 연세 지긋한 학생들과 수업한다는 게 부담이 되었지만, 어머니 생각이 떠올라 거절할 수가 없었습니다.

어머니께서는 초등학교만 졸업하셔서 늘 배움에 대한 갈망이 있으셨습니다. 여든 가까운 연세에 요양보호사 자격증을 따셨습니다. 축하와 함께 "요양을 받으셔야 할 연세에 요양보호사 자격증을 따셔서 어떻게 하시려고요?"라고 농담을 건넸습니다. 검정고시도 마치고 대학에도 진학하고 싶다고 하셨는데, 이후 건강이 허락하지 않아 포기하셨습니다. 어머니께 다 하지 못한 효도를 대신 하려는 마음으로 수락했습니다.

방송통신고등학교 학생들은 평소에 온라인으로 수업하고 한 달에 두 번 정도 일요일에 학교로 출석해서 공부합니다. 자주 만날 수 없어서 그런지 서로 더 애틋한 것 같습니다. 등교하는 날을 하루도 허투루 보내지 않으려고 다양한 활동을 합니다. 학창 시절에 하지 못했던 일들을 다 하려는 마음인 것 같습니다. 마음만은 10대 학생들과 조금도 다르지 않습니다.

교복 체험으로 옛 추억에 잠기기도 하고

체육관에서 젊음을 발산하기도 합니다

운동장에서 하늘 높이 날아오르기도 합니다

4반

체육대회도 빼놓을 수 없습니다

5반

만나면 언제나 흥겹지요

소풍도 다녀왔답니다

2학기를 시작하며, 조금 더 뜻깊은 수업을 해보고 싶었습니다. 올해 수업을 마치고 나서도 뭔가 오래도록 남는 게 있으면 좋겠다고 생각했습니다. 마침 문학을 배워야 할 순서라서 수업 시간에 시를 쓰고 그걸 엮어서 출판하자고 제안했습니다.

문제는 시간이었습니다. 2학기에 국어 수업이 모두 여섯 시간이라, 한 달에 한 시간꼴이었습니다. 그나마 코로나19 때문에 한 시간 수업이 30분에 불과했습니다. 더구나 학생들 스스로 고백했듯이 한 귀로 들으면 한 귀로 흘려버리는 연세라, 이번 시간에 했던 활동을 한 달 뒤에도 기억하시는 분이 많지 않았습니다. 과연 무사히 책을 낼 수 있을까요?

책 만들기 과정을 이렇게 계획했습니다.

차시	날짜	활동 내용
1	9월 18일(일)	첫째 시간, 안내
2	9월 25일(일)	나의 경험에서 소재 찾기
3	10월 23일(일)	주변 인물에서 소재 찾기
4	11월 20일(일)	주변 사물에서 소재 찾기
5	11월 27일(일)	소재를 활용해서 시 쓰기
6	12월 11일(일)	나눠 읽고 고쳐 쓰기

첫째 시간

첫 시간에 책 출판을 제안했더니 반응은 두 가지였습니다. 너무 좋겠다는 환호성과 함께 그걸 어떻게 할 수 있겠냐는 한숨이었죠. 앞으로 어떤 과정을 거쳐서 시를 쓰고 책을 출판하게 될지 일정을 안내했습니다.

둘째 시간

먼저 각자의 경험에서 소재를 길어 올렸습니다. 그런데 문제가 생겼습니다. 글들이 제각각이라 한 권의 책으로 엮기에 적절하지 않았습니다. 이번 시간에 쓴 글을 모두 읽어보니 '고마움'을 이야기한 내용이 가장 많았습니다. 이걸 주제로 책을 만들면 좋겠다고 제안했습니다.

셋째, 넷째 시간

세 번째 시간에는 주변 인물 가운데 한 사람을 골라서 고마움을 이야기했습니다. 수업이 끝나고 돌아가서도 늘 그 사람을 마음속에 품고 지내시라고 숙제를 드렸습니다. 식사할 때도, 빨래할 때도, 버스를 타고 이동할 때도 늘 그 사람을 생각하는 거죠. 그러다 보면 평소에 생각지도 못했던 뭔가가 떠오를 수 있습니다. 그걸 메모했다가 수업 시간에 글로 쓰시라고 했습니다. 네 번째 시간에는 주변의 물건 가운데 하나를 골라서 그렇게 했죠.

다섯째, 여섯째 시간

앞의 네 시간 동안 강조한 게 있습니다. 시를 쓰려고 하지 말고 편하게 쓰라는 겁니다. 처음부터 시를 쓰겠다고 욕심을 부리면 부담감에 짓눌려서 한 줄 쓰기도 힘들기 때문입니다. 다섯째 시간에는 친구에게 얘기하듯이 편하게 글을 쓰고, 그렇게 쓴 글 가운데 시로 바꾸기에 적합한 것을 골라서 시로 바꿨습니다. 마지막 여섯 번째 시간에는 그걸 다듬어서 완성했습니다.

처음에 책을 출간하겠다고 큰소리를 쳤지만, 저도 걱정이 많았습니다. 하지만 그건 저만의 걱정이었습니다. 살아오신 삶의 굴곡이 많으셨던 만큼, 너무나 감동적인 글을 완성한 것입니다. 저는 한 일이 하나도 없습니다. "써보세요!"라고 말씀을 드렸고, 그 뒤로는 학생들이 모든 걸 했습니다.

늘 배움에 목말라 하시던 부모님! 두 분께도 이 책이 조금이나마 보답이 된다면 좋겠습니다. 사랑합니다.

지도교사 최인영

백 마디 고마움

1판 1쇄 발행일 2023년 1월 16일

경복고등학교부설 방송통신고등학교 1학년

발행인 김학원
발행처 (주)휴머니스트출판그룹
출판등록 제313-2007-000007호(2007년 1월 5일)
주소 (03991) 서울시 마포구 동교로23길 76(연남동)
전화 02-335-4422 **팩스** 02-334-3427
저자·독자 서비스 humanist@humanistbooks.com
홈페이지 www.humanistbooks.com
유튜브 youtube.com/user/humanistma **포스트** post.naver.com/hmcv
페이스북 facebook.com/hmcv2001 **인스타그램** @humanist_insta

편집책임 문성환 **편집** 윤무재 **디자인** 박진영
용지 화인페이퍼 **인쇄·제본** 정민문화사

ISBN 979-11-6080-955-8 03810